落第賢者の学院無双
～二度転生した最強賢者、400年後の世界を魔剣で無双～
7

マリア
「私が……特別？」

落第賢者の学院無双７

～二度転生した最強賢者、400年後の世界を魔剣で無双～

白石 新

角川スニーカー文庫

22892

口絵・本文イラスト：魚デニム
口絵・本文デザイン：阿閉高尚（ａｔｄ）

Contents

元妻との再会

「初めまして……なのかな？　まあいいや、初めまして——お兄ちゃん」

不思議そうな表情でそう言ってくるかつての妻に、俺はゴクリと唾《の》を呑んだ。

と、そこでブリジットの隣に立つ土公神皇《イタームム》が俺に声をかけてきた。

「さて、エフタル。見ての通りにブリジットは私たちの手中にあるわけだ」

少し前から、俺たちの周囲に土公神皇《イタームム》が影をチラつかせていたのは分かっていた。

が、このタイミングで現れた意図はサッパリ分からない。

チラリと横目でサーシャの様子を窺《うかが》う。

困惑の表情から察するに、どうやら俺と同じ気持ちらしい。

それに、サーシャも攻防両方の術式を展開させている。

これも俺と同じく、いつでも交戦状態に移ることができるようにしているようだ。

「お前は何がしたいんだ土公神皇《イタームム》？」

さっきの言葉からすれば、ブリジットを人質にでもするつもりって感じでもあるんだが——。

ともかく、今は土公神皇《イタームム》の真意を聞かないことには始まらない。

「まあ、つまりはだねエフタル」

そうして土公神皇《イターム》はニコリと笑ってこう言ったんだ。

「久しぶりに、酒でも飲もうかってことだよ」

☆★☆★☆★

僕たちは百人は入るんじゃなかろうかという、宴会場に招かれた。

そこは、島で一番上等な宿の大ホールだ。

ビュッフェスタイルで贅《ぜい》を尽くした料理の数々が並んでいるし、オマケに会場の端にはバーカウンターまでついている。

酒についてはワイン、エール、そして蒸留酒と、世界各国の厳選された銘柄が名を連ねているようだ。

見た限り、全てが貴族ご用達《ようたし》のようなシロモノで、庶民からすると卒倒する値段のモノばかりだね。

バーテンダーまでいるってなもんで、カクテルのオーダーも自由自在というところだろう。


酒宴としては、まさに豪華に至れりつくせりって感じだ。

それに、テーブルに置かれている食器も凄《すご》い。

芸術品と言っても良いような装飾の皿に、触れれば壊れるんじゃなかろうかという薄いグラスの数々。

会場の内装もお金がかかっていて、床には毛の長い絨毯《じゅうたん》が敷き詰められているし——


——極めつけに天井には宝石で彩られたシャンデリアだ。


いやはや、これはどういうことだと訝《いぶか》しんでいると、マーリンが声をかけてきた。

「しかしエフタル様。これは豪勢ですね」

「ああマーリン。まさか、本当に酒席を用意されるとは思わなかったよ」

まあ——そんなこんなで。

今、僕たちは土公神皇《イタームム》が用意した酒席の場で、四角いテーブルに着いているわけだ。

食事はビュッフェスタイルということで、選《よ》り取《ど》りみどりとなっている。

ただし、今のところ僕は一切手をつけていない。

もちろん、毒を警戒してのことだ。

とはいえ、事前に食事や酒については僕とサーシャの二重チェック済みとなっている。

その結果、食べ物や酒には、毒が仕掛けられている形跡はない。

それに、その気になれば、僕たちは解毒の魔法で酒気も簡単に抜くことはできる。

いや、そもそも論でいうと、普通に魔法で解毒もできるんだけどね。

けれど、やっぱり食べる気にはならないというのは人情ってもんだろう。

と、そこで斜め向かいに座っているアナスタシアが感嘆の声をあげた。

「ご主人様、本当に美味《おい》しそうな料理なんです！」

「その割には、君は一切手をつけてないみたいだけど？」

「あの……その……私はちょっと……食べる気にはなりません」

まあ、それで正解だろう。

なんせ、敵かもしれない相手が用意したものだ。

普通に考えて、何かを飲んだり食べたりする気にはならないよね。

「だって、仮に私がご主人様と敵対していたとして……この状況ですよ？」

「ああ、君だったら１００％食事や飲み物に毒を混入させるだろうね」

「いや、さすがの私でも、食事や飲み物には毒物を混入なんかしないんです」

そう言うとアナスタシアはニコリと笑った。

意外な答えだったので、驚いて僕は尋ねてみた。

「え？　毒や罠《わな》の搦《から》め手は、君の基本戦術じゃないの？」

「だって、ご主人様たちなら食事のチェックは絶対にするでしょう？」

なるほど、その程度は想定済みってことか。

その辺りは、さすがアナスタシアということだろう。

「うん、実際にチェックしているしね」

すると、アナスタシアはさらにニコニコ笑顔を作った。

「だから、私ならナイフやフォーク、あるいはお皿に毒を仕掛けるんです」

「…………なるほど」

もちろんのことだけど、食器も既に魔法でチェック済みだ。

危険察知系統のレベル9を使っているので、その点については問題ないと断言できる。

っていうか、毒の話をしているのにアナスタシアは、どうして嬉《うれ》しそうにニコニコしているんだろうか。

今現在、僕としては、毒なんかよりも……この子の将来の方が心配になってきている。

「しかし……仕掛け方の話か」

「え？　私、何かおかしなこと言ったんです？」

「いや、毒を前提としての話だろう？　君の発想はどんどん高度にエスカレートしていくなって……そんなことを思ってね」

そう言うと、何が恥ずかしいのか、アナスタシアは少し頬《ほお》を赤らめた。

「いつも、どうやれば楽に相手を倒せるかを考えていますから！」

いや、それは……。

そんな風に、ちょっぴり頬を染めながら――乙女の恥じらいみたいな感じで言うことではないいんだけどね。

と、やはり僕としてはアナスタシアの将来に一抹の不安を感じざるを得ない。

「うーん。これを成長と言っていいかどうかは、非常に疑問なところだけど……」

「……と、おっしゃいますと？」

「まあ、やっぱりそういう系で行くのも……アリかナシかでいうと、アリなんだろうね。戦場で後ろから斬られたなんて言い訳にもなりゃしないし」

その言葉でアナスタシアは、パァっと華を咲かせたように満面の笑みを浮かべた。

「やった！　ご主人様に褒められたんです！」

「いや、複雑な心境ではあるんだけどね……」

と、僕は苦笑した。

けれど、アナスタシアは僕の微妙な微笑《ほほえ》みの真意なんて全く気づかない風に、ただただ褒められたと嬉しそうにしている。

そこで、アナスタシアの横に座るシェリルが、ローストビーフをモゴモゴやりながら口を開いた。

「……美味しい。これは良い肉を使っている」

「君は……」

呆《あき》れ顔《がお》で、僕はシェリルへの言葉を続ける。

「相変わらずのマイペースだね。横で毒の話をしているのに……良く食べる気になれるもんだね？」

「……毒が盛られていないのは、エフタルとサーシャ様が確認済み」

「それはそうなんだけど、ちゃんと警戒しないとダメだろう？」

「……私はエフタルを絶対的に信頼している」

「信頼してくれるのはありがたいんだけどね」

コクリと頷《うなず》き、シェリルは言った。

「……エフタルが止めないのならば、私は欲望に忠実に肉を食らうだけ。そう、あの方のように」

と、シェリルは向こう側を指さした。

すると、ビュッフェのコーナーで、お皿に山盛りの食べ物を載せていたのは——

「ほほう、我の好物の黒龍のステーキではないか！　おお、なんということじゃ！　こんな辺鄙《へんぴ》な島でイクラ&チーズがオンされたクラッカーと出会えるとは……っ！　なんとっ！　キャビア&チーズまであるとな⁉　これは僥倖《ぎょうこう》、僥倖なのじゃ！　か――――っ！　これはワインが止まりそうにないのっ！」

さて……。

僕は立ち上がり、サーシャのところまで黙って行く。

そして、ゆっくりと背後に忍び寄ると、「おい」と一声かけてから頭を小突いた。

「痛いのじゃ！　何をするのじゃエフタル！」

「いや、師匠は僕ら一団のトップというか、責任者みたいな感じなんですから」

「確かに我は立場的にはそんな感じじゃの」

「もうちょっとちゃんとしてくださいよ。実際、シェリルがマネしちゃってますし」

そんな感じで僕はサーシャに言ってみたんだけど……。

テーブルに着くや否や、サーシャは豪快に笑い始めた。

「カッカッカ！　如何《いか》な毒が盛られようと、我の解毒魔法にかかればちょちょいのちょいじゃ！」

「いや、それは確かにそうなんですけど……」

ってか、こいつ色んな意味で本当に大丈夫か？

いや、サーシャらしいと言えば、すっごいサーシャらしくはあるんだけどね。

ゲンナリとしながら肩を落とす僕に、サーシャは薄い胸を張った。

「そもそも……戦力的な意味では現時点が我らの最大値じゃろう？　ならば、ドンと構えておれば良い」

確かに、サーシャの言うことには一理ある。

と、言うのも、今この宴会場にいるのは、島を襲ってきた巨人たちを葬ったメンバーたちなんだ。

こちらの戦闘要員のメンツで言うと、僕、サーシャ、マーリン。

それで、他にスヴェトラーナと、その親戚の龍族が大量にいるわけだね。

「このメンツで対抗できぬ相手なら、毒とか以前の問題で……それはもう、何がどうなっても無理ってことじゃろ？」

「おっしゃる意味は分かるんですけど……」

そんな感じで曖昧に頷いたところで、僕は龍族に用意されたテーブルに目を向ける。

向こうでは、スヴェトラーナとその親族が宴会を始めて盛り上がっているようだ。

彼等《かれら》は先天的に毒や酒が効かない体質だ。

なので、まあ普通に飲んで食べたりしてるわけなんだけど……。

ちなみに、彼等は龍の王族の血縁者で、普通に偉い人ばかりだ。

なので、こっちについてはサーシャみたいにツッコミは入れられない。

何だかなぁ……。

そうは思うけれど、とりあえずサーシャにだけは釘《くぎ》を刺しておこう。

「でも、本当に油断しないでくださいね」

「常在戦場。我を知らぬお主ではあるまい？」

「師匠は普段のノリが軽すぎるんですよ」

戦闘の時は頼れるんだけど、本当にどうしてこんな変人が魔術師最強なんだろう。

と、席に戻った僕が懐から携帯用の水筒を取り出して飲んでいると、マリアが尋ねかけてきた。

「あのさ……ちょっと良いエフタル？」

「何だいマリア？」

「……さっきから気になってたんだけど、それってどういうことよ？」

マリアの視線が、僕の横に座っている少女に移る。

「いや、それについては僕が聞きたいくらいだ」

マリアの視線の先――。

まあ、つまりはそこには、僕の右腕に抱き着くように絡みついてきているブリジットがいるわけなんだ。

で、さっきからブリジットはベタベタと体をくっつけてきているわけで……。

僕としても、さっきから困惑の表情を浮かべっぱなしの状況なんだよね。

ブリジットは僕の元奥さんなんだけど、なんせ——


——見た目十歳そこそこくらいになっちゃってる。


「うふふ……お兄ちゃんっ！　おててほの筋肉凄《すご》いね！」

まあ、細マッチョではある。

そこは、認めないこともない。

しかし、実際問題として、僕としてはどう対応していいか分からないんだよね。

確かに、ブリジットは昔の奥さんではある。

けど、そもそも昔の記憶がないみたいだし。

土公神皇《イタームム》も「話は酒席で」と言って、引っ込んでからというもの……姿を現さないし……。

まあ、ともかく土公神皇《イタームム》はブリジットを人質にはしなかった。

僕たちと同席させたって事実があるので、サーシャも僕も即時臨戦態勢を解いてこの場にいるわけなんだけど。

「でもでもご主人様……？」

「どうしたのアナスタシア？」

「ブリジットちゃんって、本当に可愛《かわい》い顔してるんです！」

「それは当然だぞ、小娘」

横から口を出してきたのはマーリンだった。

そしてマーリンは、何故《なぜ》か誇らしげに豊満な胸を張った。

「なにせ、この方はかつてのエフタル様の——」

そこで僕は慌ててマーリンの口を塞いだ。

いや、この段階でブリジットに色々と教えるのは違うだろう？

と、僕は狼狽《ろうばい》してしまったんだけど、ブリジットは可愛らしく小首を傾《かし》げて、マーリンにこう尋ねかけたんだ。

「なあにおばさん？　なんで私がお兄ちゃんの昔と関係あるの？」

「なっ……おば……っ⁉」

ちょっと説明をすると、マーリンは……最近、遂《つい》に顔に小皺《こじわ》が発生したと凹《へこ》んでいたんだ。

なので、状況的には地雷を踏み抜いたということで間違いない。

けれど、ブリジットとしてはおばさんと言ったことについて、悪気は無いんだろう。

彼女は滅茶苦茶《めちゃくちゃ》無邪気な顔をしてるので、それは見れば分かる。

けれど……やはり、マーリンのコメカミには青筋が何本も浮かんでしまっているわけだ。

とりあえず、これがアナスタシアやマリア相手だったとすると、とっくに拳骨《げんこつ》が飛んでいるタイミングなのは間違いない。

「ぐ……っ！」

それで、今現在、マーリンは拳を握りしめてはいるけど、握った拳をどうして良いか分からない感じだ。

まあ、さすがに僕の元嫁さんにゲンコツを落とすというのには、抵抗があるんだろう。

で、ブリジットは子供特有の空気の読まなさを発揮し、怒り心頭のマーリンを無視して僕に抱き着いてきた。

「ねえねえお兄ちゃん？」

「何だい？　ブリジット？」

「あのお姉ちゃんが言ってたのは本当？　私って可愛いの？」

アナスタシアを指さしたブリジットに、天使のような笑顔で尋ねられてしまった。

と、なると、僕も正直にこう答えるしかないだろう。

「ああ、まあ……可愛いと思うよ」

実際問題、可愛いとは思う。

いや、これはロリコンとかそういう意味ではない。

純粋な顔の造詣の好き嫌いという話で、まあ可愛い。

そもそも、好みのタイプじゃなかったら昔に口説いたりはしてないし。

それに好みの問題を横に置いて、一般的に言っても造形的には間違いなく可愛いと思う。

っていうか、我が元妻ながら、本当にビックリするくらいに顔が整っているよね。

まつ毛も長いし色も白いし……。

そういえばクリフも綺麗《きれい》な顔してたな。

エルフは種族的に美形が多いんだけど、この兄妹《きょうだい》はちょっと次元が違うレベルなので、これって遺伝なんだろうか。

そんなことを考えていると、いつの間にかブリジットはパクパクとチョコレートケーキを食べていた。

それでもって、口の周りにチョコがついちゃってて……それも可愛い。っていうか――


――ぴょこんと立ったアホ毛がたまらなく愛らしい。


実はこの子は昔から凄い直毛だったんだよね。

なので、寝ぐせはいつも凄いことになっていたりしたんだ。

湿気の関係で、油断した時とかは公式な式典の時にもアホ毛が急に立ったり……。

そういえば、その度に赤面して焦ったりしてたっけ。

と、そこでテーブルの上のナプキンで、僕は思わずブリジットの口元を拭いてしまっていた。

「ほぇ？　どうしたのお兄ちゃん？」

「口の周りが汚れてる。気を付けなよ」

あー、懐かしい。

そうなんだよね。うん、こんな感じだった。

ブリジットは普段はキッチリしてるのに、お酒を飲んだら途端にダメダメになる人だったんだよ。

酔った時とかには、今みたいな感じでたまに……口元にソースがついたりして。

仲間内での宴会だったりすると、最後の最後、足腰立たなくなった時に面倒見てたのはいつも僕だったし。

「んー……お兄ちゃん？」

「何だい？」

「お口拭いてくれてありがとう。でも、昔、同じようなことをしてもらったような……いや、変だよね。お兄ちゃんとは初めて会ったっていうのにね」

まあ、それで正解なんだけどさ。

しかし、僕はどうにも変な気分になってきた。

体が幼いのもあるし、これは絶対に欲情とかではないと断言できる。

だけど、胸が高鳴るというか、心が満たされるというかなんていうか……。

いや、本当に何て言ったら良いのかな、この気持ちは。

「でも、ありがと。優しいお兄ちゃんは大好きだよ」

と、ブリジットは再度「ぎゅー」っと僕に抱き着いてきた。

「どうしたのシェリル？」

見ると、普段は無表情なシェリルが……こちらを物凄《ものすご》い形相で睨《にら》んできていたんだ。

「……黙っているのを良いことに、さっきから軽々しくエフタルに抱き着いている」

小さく頷《うなず》き、アナスタシアもシェリルに同調する。

「……そうなんです！　子供だから大目に見てましたが、やりすぎなんです！　私たちの誰しもが……やりたくてもできないというのにっ！」

もはやこの子たち、僕に対する好意を微塵《みじん》も隠す気がないよね。

いや、実際問題、この子たちは……どうするつもりなんだろう？

僕に対する気持ち自体には悪い気はしない。

だけど、着地点というかなんというか……。

いや、本当に最終的にはこの子たちは自分たちのポジションを、どこに着地させるつもりなんだろうか。

どう考えても、収拾がつかないぶっ飛んだところにしかゴールは無さそうなんだけど……。

と、それはさておき。

「ところでご主人様？　ブリジットちゃんって、マリアさんに似てません？」

「まあ、遠い縁戚って話だからね」

元々、ブリジットとマリアは同じエルフの部族の出だ。

初めてマリアを見た時から、ブリジットに似てる似てるとは思ってた。

けど、実際に並べてみると本当に瓜二つ《うりふた》なんだよね。

っていうか、怖いくらいでもある。

さすがに、年齢はマリアの方がかなり上なので見分けはつく。

けれど、もしも同年代で同じ髪型・服装だったら……。

うん、僕にも見分けがつかない自信がある。そんなレベルでの瓜二つなんだ。

「いや、遠戚にしても……おかしいんですよ」

「どうしたんだいアナスタシア？」

「あまりにも似すぎなような気がするんです。マリアさんはどう思うんです？」

アナスタシアに話を振られて、マリアはうんと頷いた。

「前にエフタルから似てるとは聞いてたけど……まあ、子供の時の私に確かに似てるわね。

それはもう……本当に怖いくらいに」

そういえば、マリアには前にブリジットと似てることは伝えてたんだっけか。

そして、マリアはブリジットの顔を確認するためか、ジッと凝視を始めた。

そこで、ブリジットもマリアの顔に視線を移したんだよね。

「ん？　私とお姉ちゃんが似てる？　うーん。確かに似てるかも……」

それで目と目があったその瞬間――。

二人は呆《ほう》けた表情で、一瞬だけ固まったように見えた。

「ど、どうしたんです？　マリアさん？」

「いや、今、ちょっと……ぼーっとしたっていうか、貧血っていうか……。意識が一瞬だけ飛んじゃったっていうか……」

一瞬だけだけど、今――。

マリアとブリジットの体表を覆う魔力が共鳴というか、同調したような。

視線をサーシャに向けると、こちらも訝《いぶか》しげな表情を浮かべてる。

でも、魔力の共鳴なんて、ホムンクルスなんかの同一素体で、研究室で起きる現象だ。

遠戚である程度では、こんなことは起きるはずもない。


――これは一体どういうことなんだろう。

そう思ったところで、土公神皇《イターム》が僕らのテーブルにやってきた。

「すまないね、服を着つけるのに手間取ってしまった」

タキシードに身を包み、スラリとした長身が良く映える。

しかし……と、僕は思う。

つまりは、この男は何を考えているんだろうか……と。

酒宴に誘ったと思えば、ブリジットを放置して着替えだなんて。

「土公神皇《イターム》。僕たちはいまさら、服装やらでアレコレ取り繕う間柄でもないだろう？」

そう言うと、クスリと笑って土公神皇《イターム》は肩をすくめた。

「まあ、さすがに四百年ぶりだからね。少しでもいいカッコをしたいというのが人情というものだ」

テーブルの空いている席に、土公神皇《イターム》は腰を落ち着ける。

すると、彼はパンと掌《てのひら》を叩《たた》いた。

酒を持った給仕がやってきて、彼は盆の上からサリョーナ産の赤ワインを選ぶ。

「エフタル、君は何も口にしていないようだが？」

「……さすがに、何かを飲むつもりにはなれないかな」

「はは、毒なんて入っていないさ……。どうだいエフタル、君も一杯？　こちらとしては君とは友好関係を結びたいと思っているんだけどね」

少し僕は思案する。

そして間を置いて、土公神皇《イタームム》にこう答えた。

「………エールなら付き合うよ。毒の心配が無いというのは本当だろうしね」

「了解だ。それじゃあ旧交を温めるために、エールで乾杯といこうじゃないか」

再度、土公神皇《イタームム》はパンと掌を鳴らし、給仕を呼びつける。

そして、僕と土公神皇《イタームム》の前にエールが差し置かれることになった。

「それでは乾杯！」

「……乾杯」

エールに口をつけた後、すぐに僕は土公神皇《イタームム》に話を切り出した。

「友好関係を結びたい……か。確かにこの酒宴自体には他意は無さそうだ」

「調べたと思うが、毒も入ってなかったろう？」

コクリと頷き、土公神皇《イタームム》に尋ねる。

「で、どういうことなんだい土公神皇《イタームム》？」

僕の問いかけに、エールを一口飲んでから、土公神皇《イタームム》はゆっくりとグラスをテーブルの上に置いた。

「君も止めたいはずだ」

「止めたいって……何を？」

「ブリジットの魔王化だよ」

クリフですら四百年かけても、その方法を見つけることができなかった。

と、そこで「これは参った」とばかりに僕は両手をあげた。

「いきなり大上段から切り込んできたね。そう来られたらこちらは話を聞かざるを得ない」

「ああ、そうだろう。君と私の利害は一致する。これからの話について、まずはそのことを念頭に置いてほしい」

そう言うと、ニコリと土公神皇《イタール》は微笑を浮かべたのだった。

☆★☆★☆★

土公神皇《イタール》が語ったのは、そのままの意味で神話の世界の話だった。

――十賢人。

通称：星喰《ほしく》い。

彼等《かれら》はかつて、文明を持たぬ人間に知恵を授け、瞬く間に古代魔法文明を築き上げた立て役者たちである。

彼等の目的は、そのものズバリで魔導の研究による自己強化だ。

星に満ちる大気中の魔素を用いることで、彼等は研究の効率化を達成するに至った。

研究に要する魔素の量は莫大《ばくだい》で、その規模は星に満ちる魔素が尽きるという次元に達する。

それでもしも、魔素が尽きた場合は、彼等は他の星に移動することになる。

つまり、彼等は移動を繰り返し、次々と星の魔素を食らいつくしていくわけだね。

だから、星喰いと呼ばれている。

そして、宇宙は広いと言っても、知的生命体が存在する星の数は少ない。

あるいは、魔素の存在する星というのも少ない。

彼等としても、焼き畑農業的に全ての星を食いつぶしてしまうと、そこで研究に滞りが起きる。

故に、魔素の枯渇した星をリサイクルする必要が出てくるわけだ。

そこで出てくるのが、転生システム。

『魔法を使ったことがない無垢《むく》なる魂』というのは希少らしく、魂を地球から呼び寄せる必要があるらしい。

そして、地球からの転生者が魔法やスキルを使うと、大気中に超効率的に魔素をばら撒《ま》くことができるのだと。

だからこそ、システム上、最終的に転生者は凶暴化して、破壊衝動に突き動かされるまま、殲滅《せんめつ》魔法なりを行使するようになる。


――それが魔王化。


それは全て、この星の失われた魔素を回復させるということが目的だ。

そして今、この星はリサイクルの準備段階にあるわけで――。

と、まあ……、そんな感じで大体は以前から聞いていた話だった。


「前にサーシャから聞いた話のとおりだね」

土公神皇《イタームム》はサーシャの顔を見て、「ほう」と感嘆の声をあげた。

「さすがに、不死皇は博識ですね」

「それくらいは当たり前に知っておるわ」

「いや、今の話は……世間一般的には、断片的に神話や御伽噺《おとぎばなし》として認識されている程度のはずです」

「まあ、伊達《だて》に長くは生きておらん。我もまた魔導の頂を目指す者であるのじゃから——当然、十賢人の足跡は追っておる」

フンと肩をすくめると、サーシャは言葉を続ける。

「連中については一時期可能な限りは調べておった。ま、今はもう調べることをやめたがな……あんな非常識なモノは何の参考にもならんのじゃ」

存在そのものからして非常識なサーシャをして、非常識と称させるだって？

その言葉で、僕はギョっとした。

「師匠……非常識なモノって、具体的にはどういうことなんですか？」

「のう、エフタル？ 我の十八番《オハコ》の一つが召喚術なのは知っておろうな？」

知っているも何も——。

そのおかげで僕は窮地を乗り越えているし、その威力のほどは嫌と言うほど体験している。

「レベル11：古今東西御伽草子《オトギ・ファンタジア》のことですよね？」

「うむ……そのとおりじゃ」

古今東西御伽草子《オトギ・ファンタジア》と言えば、サーシャの代名詞みたいな魔法だ。

現在のところ、クリフとの決戦で戦力は大幅ダウンしている。

それにしても、それでも今なお……凶悪無比な力を有していることには変わりはない。

「例えばじゃなエフタル。全長一万キロ……幅三百キロみたいな巨大な蛇を想像してみい」

「全長一万キロ、幅三百キロ？」

うーん……。

まあ、とてつもなくデカいんだろうね。

「念押しするが、ちゃんと想像するのじゃぞ？」

何でそんなものを想像しなくちゃならないのかは分からない。

けど、サーシャも真面目な顔をしているし、まあ、ちょっと真剣に考えてみようか。

確か、地球一周で四万キロだから――。

とりあえず、普通に考えて航空写真でも、全体が映らないレベルかな？

それこそ、全体を映すなら、宇宙空間からの撮影とかになってくるんだろう。

それで、大きさの比較をするとなると、地図とか国とかの話になってくるわけで……。

地球の地図で言えば……ええと、どんなもんかな。

蛇の横幅だけで名古屋と東京の間くらいの距離ってなもんで、やっぱり途方もなくデカい。

それで一万キロの長さがあるわけだから、トグロを巻けば北海道くらいの大きさはあるんじゃなかろうか。

いや、それでも小さいか？

ひょっとすると日本列島を覆うような……そんな規模なのかもしれない。

「結論として想像もつかない大きさですが、それがどうかしたんですか？」

「考えてみいエフタル。召喚でその蛇を呼び出す場合、その召喚魔法はレベルに換算してどの程度だと思うのじゃ？」

「……ちょっと、話が読めませんが？」

僕の問いかけには構わず、サーシャはただただ深い溜息《ためいき》をついた。

「レベル20、あるいは30か？　もう、そうなってくるとワケ分からんじゃろ？」

「はい、まあ……それは確かに」

そうしてサーシャはお手上げだとばかりに両手をあげた。

「それが故、調べれば調べるほどに到底——十賢人の背中に手が届かんと分かるわけじゃ。あまりにも非常識すぎるとな」

「ええと、つまりは……。十賢人は全長一万キロ、幅三百キロのような、超巨大宇宙怪獣みたいなシロモノを召喚していたと？」

いや、怪獣映画にしても大袈裟《おおげさ》だ。

そこまで馬鹿げた大きさの怪物は、僕は映画でも聞いたことが無いし。

っていうか、一万キロって……。

その途方もないスケールに、僕はしばし固まってしまう。

「そのとおりじゃ。馬鹿らしくなって、いつしか我も追いかけることをやめた。それほどの存在ということじゃよ」

と、そこで土公神皇《イタール》は大きく頷《うなず》いた。

「さすがは不死皇です。九頭竜《くずりゅう》をご存じとは……これはこれは本当に驚きました」

「だから言っておるじゃろう、伊達に長く生きてりゃせんとな。それでなんじゃったかな、確か九頭竜とかいうのは……」

「ええ、ご存じの通りに、大気中の魔素が一定濃度に達した場合に発生する破壊神です」

「その目的は、星に帰還する十賢人を出迎える準備……つまりは大掃除ってことじゃな？」

サーシャの問いかけに、コクリと土公神皇《イタール》は頷いた。

「ええ、文明の維持不可能な程度までに、人口を減らすのが目的ですね」

「破壊が目的なのは知っておるが、実のところは何故そうする必要があるのじゃ？」

「文明がリセットされた状態の人類に魔法文明を与えて、どのような経過をたどるか……そういう箱庭的な観察も彼等の研究のうちらしいので」

「ふーむ……。まあ、趣味が悪いとしか表現できんの」

二人の話を聞いて、僕の顔はどんどん青ざめていく。

十賢人については、元々、魔王化なりで転生者を好き勝手に扱っているわけで。

だから、ロクでもない連中とは思っていた。

けれど、自分たちの研究のために、簡単に人類を掃除って――

――もう、そんなの滅茶苦茶《めちゃくちゃ》だ。


しかも理由が、石器時代の人類に文明を授けての経過観察って……。

完全に、人間をただの実験動物として見ているとしか思えない。

いや、そんなスケールの規格外を、僕たちの常識や倫理観で語るのは間違いかもしれないんだけど。

「師匠、ちょっと待ってください」

「どうしたのじゃエフタル？」

「そもそも、全長一万キロの蛇を使役して大破壊って……それは冗談ではなく本当のことですか？　あまりにも馬鹿げた規模の話で……ついていけないですよ」

「じゃから、星喰いと呼ばれておるんじゃろう？」

「……」

「転生システムとかいう、ワケの分からんシステムを作るほどの存在じゃし、現行の宇宙の創造神と言われても我は驚かんよ」

「それほどの存在ということですか……」

無限の時を生きて、星を渡り歩いて食いつぶす。

そして、最適効率での魔法の研究を行う者たち。


――冥府魔導の到達者。


そんな言葉が僕の脳裏を掠《かす》める。

間違いなく、それは僕の追いかけ続けている「最強」を……一つの形として達成した連中なんだろう。

けれど、それは方法として、根本的に間違えているようにしか思えない。

と、そんなことを考えていると、土公神皇《イタームー》がサーシャに声をかけた。

「これはさすがの不死皇でも知らないでしょうが、問題はその九頭竜が出現しそうということなのです」

「何……じゃと？」

サーシャの表情が凍り付いた。

そして、恐らく……僕の表情も同じものとなっているだろう。

「どういうことなのじゃ土公神皇《イタームー》？」

サーシャの問いに、土公神皇《イタール》はしばしの無言の後に口を開く。

「四百年前――人間が弱体化したことから全てが始まったのですよ」

人類の弱体化……？

つまりは、人類が高位魔法を行使できなくなったのが原因ってことだよね。

と、そこで僕は「あっ」と息を呑《の》んだ。

高位魔法を使えないということは、大気中の魔素の消費量が少なくなるということだ。

そして、九頭竜の出現条件は魔素の濃度が一定値になること。それってつまり――

「土公神皇《イタール》。つまりは、高位魔法の使用ペースが一気に下がったことで……大気中の魔素濃度が急速に上がってきているってこと？」

「そのとおりだエフタル。さすがに君も察しが良い」

「いや、でも……その九頭竜とやらが出現したらこの星の人類は……」

「ああ、間違いなく滅びる。いや……違うか」

「違うって？」

「文明を維持できないほどの、破壊と殺戮《さつりく》が行われるだろう。厳密に言うと、滅びはしない」

どちらにしても、最悪の状況しか待ってはいない。

一同に重い沈黙が訪れる。

今まで一切口を挟まなかったマーリンとアナスタシア、そしてマリア。

彼女たちもまた、血の気が引いて土気色の顔になっている。

シェリルについては、相も変わらずの無表情だ。

けど、口が明らかに『へ』の字に曲がっているので、少なからずのショックを受けていることは間違いない。

ちなみに、ブリジットはただただチョコレートケーキを食べている。

まあ、この子については単純に、話を全く理解していないんだろう。

と、そこで「更に……」と土公神皇《イタームム》は、重い口調で言葉を続けた。

「信頼できる筋の魔素の測定結果から……残念ながら、タイムリミットは十年を切っているということで間違いないんだ」

「十年って……」

いや、でも……。

大気中に溶けている魔素は、極めて微量のものだ。

魔法研究施設で意図的に作り出した特殊な条件下なんかじゃない限りは、その測定なんてできるはずもない。

「ちょっと待ってくれ土公神皇《イタームム》。魔素の濃度の測定なんてことは……失われた古代文明ならまだしも、今の魔法文明ではできないはずだろう？」

僕の問いかけを受け、土公神皇《イタームム》はアゴに手をやる。

そして、少し考えてから懐から分厚い冊子を取り出した。

「これは？」

「ここ八百年ほどの間、ホムンクルスが大気中の魔素を自動的に観測し、特殊な計算式でタイムリミットを割り出したものだ」

冊子を受け取ると、かなりの重量のものだった。

そして僕は、サーシャとマーリンと共にページをめくっていく。

はたして、そこには——。

確かに、ここ八百年の間の魔素の測定数値が事細かに記されていた。

途中、十年というタイムリミットを割り出したらしい計算式も目に入った。

が、これについては、僕……そして、サーシャですらもかなりの部分が理解できないものだった。

「エフタル様……」

「何だいマーリン？」

「ひょっとしてこの数式は……未証明の七大魔法定理『ノアの謎かけ』の証明につながるものではありませんか？」

マーリンの指摘に僕は「あっ」と思わず声をあげてしまった。

そして、暗算で少し頭を働かせ「何ということだ」とばかりに力なく頷いた。

「……そうだねマーリン。この数式をもとにすると……三日もあれば証明可能だと思う」

お手上げだとばかりに僕は降参のポーズを取った。

どうやらこれはもう……認めるしか無いようだ。

少なくとも、この冊子の著者は……僕たちの知っている魔術理論を遥《はる》かに凌駕《りょうが》した知識の持ち主で間違いない。

そこで、サーシャが「ふう」と溜息をついた。

「確かにこの資料はもっともらしくは見えるし、こんなモノを冗談で作るような暇人もおらんじゃろ」

僕もサーシャと同感だ。

しかし、これが事実だとすると非常に不味《まず》い。

そう思っていると、土公神皇《イタームム》が僕の肩をポンと叩《たた》いてきた。

「これで納得してくれたかい、エフタル？」

でも、この資料が正しいとして一体誰が作ったんだ？

そもそも、僕とサーシャの魔術理論の知識を凌駕するような者なんて、今の時代に存在するのだろうか？

いや、土公神皇《イタームム》は八百年前からのホムンクルスの自動観測と言っていたな。

と、なるとホムンクルスの使役者は長命種族や不死者となるわけだけど……。

それでも、そんな高名な魔術師なら、僕たちが知らないわけがない。

「土公神皇《イタームム》……これを作成したのは一体誰なんだ？」

素直な問いかけに、土公神皇《イタームム》はうんと頷いた。

「これは十賢人の時代――古代魔法文明の頃から生きる、大魔術師バルタザール様が自動書記にて作成したものだ」

「バルタザール？　我はそんなやつは知らんぞ？」

ええと……ちょっと待て。

十賢人の時代から生きている？

いや、それって……一体どれくらい昔の話なんだ？

と、いうか理論上、そのレベルでの長命はありえない。

実際、サーシャも不老不死ではある。

けれど、長命には強烈なデメリットも存在するんだ。

肉体を維持できずに崩壊して、ゾンビ化。

あるいは、長命が故に感情や理性を失ったりすることもある。

つまりは、そのままの意味でゾンビ化、あるいは心を失った廃人になるというのは、不死者の避けられない宿命なんだ。

そもそも、サーシャが千年以上生きているということだけでも驚天動地の事実なんだからね。

この点について、以前にサーシャに聞いたことがある。

その回答は「自死という形で有終の美を飾る必要がある」と、サーシャも言っていたくらいで――。

だというのに、それよりも遥か長い期間を生きた人間が存在するなんて……僕には到底信じられない。

と、僕の疑問を察したのか、土公神皇《イタール》はニコリと笑ってこう言った。

「エフタル。信じられないとは思うがこれは事実だ」

「いや、でも……どうやって？」

「かの御仁は自身の時を止め、半冬眠という形でこの時代まで生存しておられる」

「自身の時の流れを止めるって……時間干渉魔法ってこと？」

思わず、僕はゴクリと唾を呑んだ。

「気持ちは分かるよエフタル。私も今でも信じられないくらいなのだから」

時間干渉魔法――。

それは理論の上では、存在の可能性にのみ言及されている魔法だ。

そして、これまで幾千、幾万……いや、幾十万人の優秀な魔術師が挑み、その悉《ことごと》くが失敗してきた分野でもある。

故に、成し遂げた瞬間に魔法史に名を残すことが確定しているような、そんな分野の話なんだ。

それはこんな格言もあるくらいに困難な分野なんだよね。

――二十歳で時間の理《ことわり》の解明を志さない研究者は野心が足りず。

――そして、三十歳を超えても研究を諦めない者は知能が足りない。

要は、夢はあるけど、時間の無駄とされる分野ってことだね。

でも、それを……理論どころか、既に実践として運用しているだって？

事実だとすると、そのバルタザールという魔術師は天魔の類と以外に評することはできないだろう。

「……ふーむ」

アゴに手をやって、サーシャは何やら考え込み始めた。

「のう、エフタルよ」

「何ですか師匠？」

「九頭竜と我らが正面からやりあった場合、どうなると思う？」

言われたとおり、頭の中で九頭竜を仮想敵に思い浮かべてみた。

ええと、名前から察するに頭が九つもあるわけだね。

で、体は馬鹿みたいに大きいわけだ。

召喚獣としての格は……さっきサーシャも言ってたけど、そのレベルは余裕の20オーバーといったところだろう。

僕たちにとってはレベル11の古今東西御伽草子《オトギ・ファンタジア》ですらも脅威なわけだね。

そして、驚くことなかれ、その体長は一万キロ、幅は三百キロ。

レベル11の四皇《シコウ》を直撃させたとして、恐らくは表面をちょっと破壊するだけくらいってところだろう。


――うん、どうやってもこれは勝てそうにない。


そう結論づけて、僕はサーシャに向けて首を左右に振った。

「言いにくいことなのですが、仮に僕たちが攻撃したとして……」

「構わん。言ってみよ」

「相手は攻撃として認識してくれるかどうか、それすらも怪しいと思います」

「ま、そんなとこじゃろな。ふはは……、のうエフタルよ？　どうやらそれが残り十年で破壊神として出現してくるらしいぞ？」

「それは……困りましたね、師匠」

「……うむ。ほんに困ったのじゃ」

ひょっとすると、それでもサーシャなら――。

あるいは、何とかする策を持っていると、そういう風な期待はちょっとあったんだ。

だけど、表情から察するに今回ばかりはそれを望めないようだ。

「……」

「……」

と、僕たちが黙り込んだところで、土公神皇《イタームム》が笑いながら肩を叩いてきた。

「安心するんだエフタル」

「……え？」

「無論、そんなことにはさせないさ。そのために私は今、旧友のエフタルに頭を下げようとしているわけだからね」

「……どうやって状況をひっくり返すつもりなんだ？」

「それはだね……」と頷《うなず》き、土公神皇《イタームム》は残ったエールを一気に飲み干した。

「まともに戦うなんてナンセンスだ。これは分かるだろ？」

「うん。なんせ、サイズがサイズだからね」

「だったら――別の方向からアプローチすれば良い」

そこで、土公神皇《イタームム》は掌《てのひら》をパンと叩いた。

すぐに給仕がやってきて、彼は眼前の透明なコップに水を注がせる。

次に、これまた給仕にお願いして、熱い紅茶をテーブルに持ってこさせた。

はてさて、どういうことだろう。

そう思っていると、土公神皇《イタームム》は大きく頷いた。

「それでは本題に入ろうか。今、このコップには水だけが入っているわけだよね？」

「うん、それで？」

土公神皇《イタームム》はコップに紅茶を注いでいく。

必然的に、見る間に水は赤茶色く濁っていった。

「コップの中の状況。この濁りを大気中の魔素と考えてもらいたい。そして――」

そう言うと、土公神皇《イタームム》はパチリと指を鳴らした。

すると水と紅茶が徐々に分離して、紅茶の部分が上部に抽出されていく。

そして最終的には紅茶だけが固まり、小さな球体となって宙に浮かびあがってきたんだ。

「視覚的に表現すると、これが我々のやっていることだ。つまりは、魔素を取り出し固定化して外に出すわけだな」

「……固定化？」

「見ての通り、コップの水は綺麗《きれい》だろう？」

「つまりは魔素だけを集めて、大気を浄化すると……？」

「魔素っていうのは星そのものの魔力だから、それを浄化と言うのが適切かどうかは分からないがね」

九頭竜の発生条件は、大気中の魔素濃度の上昇だ。

だったら……魔素の濃度を下げれば良い。

まあ、土公神皇《イタームム》の言うことに、筋は通っている風に思える。

「つまり、君たちは既にその作業をやっているということ？」

「ああ、そういうことだな」

確かに、思い当たるフシはいくつかある。

事実、この島に来てから、おかしな出来事が頻発していた。

例えば、ありえないような高位の魔物が多数出現していたりであるとか。

「土公神皇《イタームム》。君たちが大気中の魔素を集めて固め、高位の魔物を作っていたということで良いのかい？」

「そのとおりだ」と、土公神皇《イタームム》は満足げに頷いた。

「あるいは、魔素を使って封印された魔物の復活を早めたりね」

「……色々聞きたいことはあるけれど、とりあえず説明を続けてくれ」

「古代魔法文明絡みの生物兵器群の作成は魔素を多大に消費する。それが魔素の枯渇を引き起こしたことが、十賢人がこの星を去った理由でもあるが……我々は逆にそこを突いているわけだ」

「でも……、それだとおかしくないかい？」

「と、言うと？」

「大気から魔素を集めて魔物を作るなら、確かに魔素は消費できるだろう。でも……死んだ魔物の魔素はいずれ大気に還《かえ》るはずだ」

結局は元《もと》の木阿弥《もくあみ》なんじゃないのか？

そんな僕の疑問に、土公神皇《イタームこうじんおう》は首を左右に振った。

「だからこその、ブリジットだ」

「……どういうこと？」

と、そこで僕は「あっ……」と息を呑《の》んだ。

この島で倒した魔物は、死亡した後に全て綺麗さっぱり死体が消えていた。

つまりは、アレはブリジットが消していたと？

確かにそう考えると、全てのつじつまが合う。

「前提から話をしようかエフタル。何故に転生者が魔法行使した場合に、魔素が効率的に大気に散布されるか……それを知っているかい？」

「無垢《むく》なる魂だからって話だけど……まあ、意味は良く分からない」

「エデンの園の物語で例えるのが分かりやすいかな。生命の実である魔法の力。そして知恵の実……つまりは科学の力。これは分かるね？」

と、そこで僕は他の面々の顔を見渡してみる。

サーシャでギリギリ話についてこれてる感じで、マーリンですらもチンプンカンプンって感じだね。

アナスタシアたちに関しては、完全にポカンとした表情で口をあんぐりと開いている。

まあ、土公神皇《イタームム》としても、地球の聖書の話を前提にたとえ話をしている。

無論、最初から僕以外には、分かってもらおうとも思ってないんだろう。

「つまりだね、この宇宙で……知恵の実のみを食した人類は、君たち転生者だけであると言えば分かりやすいかな？」

「魔法の力を前提としない科学文明は歪《いびつ》であると……そういう話？」

「歪と言うよりも、非常に珍しい。これで理解してもらえるかな？」

「うーん……とりあえず、科学単独での文明が珍しいということしか分からないかな」

「知恵の実にしろ生命の実にしろ、創生の神が作った無垢な存在を汚すものなんだよ。そして、両方の実を食べた我々よりも無垢な存在である……地球という星から来た君たちの魂は、我々よりも純然たるエネルギー体としての側面が強い。だからこそ、魔素に変換すれば莫大《ばくだい》な量となり、魔素を取り込むのであれば莫大な貯蔵庫となる」

やっぱり良く分からない。

けど、ともかく……貯蔵庫というところで、ようやく話の着地点が見えてきた。

「討伐した魔物から大気中に漏れ出る魔素を、ブリジットに吸収させて貯蔵させるっていう理屈かな？」

いや、でも……と僕は首を左右に振る。

「それだとブリジットが死んだ時に、結局は大気中に魔素がばら撒《ま》かれるんじゃないか？」

「無垢なる魂は、この星では魔素化しない。転生者の魂はここでの肉体の完全消滅の後、君たちの星に戻るようになっている」

そうか……と、僕は息を呑む。

死んだ転生者の魂がこの星の大気に還ると仮定しよう。

だったら、魔王化させる必要なんて……そもそも存在しないんだ。

そうだとしたら、転生者の天寿を普通に全うさせるなり、あるいは転生した瞬間に転生者を殺すようなシステムデザインにすればいいだけの話なんだから。

魔王化させて破壊衝動を刺激させ、魔法なりスキルなりを使わせる必要なんてない。

でも、実際にはそうなっているということは――。

「大体の話は分かったけれど、結局ブリジットの魔王化はどうやって止めるんだ？」

「この星の魔素をブリジットの魂の器で吸引するということは、無垢なる魂が生命の実と溶け合うことでもある。つまりは破壊衝動を刺激すべき、転生者としての側面が薄れるわけだ」

「……それで？」

「だましだましに近い状態にはなるが、定期的に一定量を吸引していれば、ブリジットの魔王化の心配は無いと考えて良いだろう」

「しかし……そんな対処法があるなら、どうしてクリフはあんなことになったんだ？土公神皇《イターム》がそれを教えていればクリフは……」

と、僕が土公神皇《イターム》に詰め寄りそうになったところで、サーシャに肩を摑《つか》まれた。

「事情があるということじゃろう？」

サーシャの問いかけに、土公神皇《イターム》は申し訳なさそうに小さく頷いた。

「……どういうこと？」

「私に知識を伝えてくださったバルタザール様が目覚められたのは最近の話だ。レベル11での激しいぶつかり合いが、あの御方《おかた》の定めた自身の冬眠解除の条件だったんだよ」

「どうしてレベル11が……？」

と、僕の問いかけを土公神皇《イターム》は掌で制してきた。

「彼もまた魔導の求道者《ぐどうしゃ》。ハイレベルな魔術師の存在しない世界では、自身の強化の糧にはならないと考えている。故に、今までは体の時を止めて冬眠状態だった」

「……」

「つまりはそれが、今回のことの顛末《てんまつ》だ」

ようやく状況を完全に理解した。

だけど……、とにかく疲れた。

怒涛《どとう》のように語られた色んな話に、未《いま》だに頭の整理が追いつかない。

「しかし、土公神皇《イタームム》。まるで御伽噺《おとぎばなし》やら……神話みたいな話じゃないか」

「事実として、星のレベルでの創生と破壊の話だから……そりゃあ、そうもなるだろう」

さて、どうするべきか……と、思案する。

この話が事実なら、僕としても土公神皇《イタームム》に異を唱えるつもりはないし、邪魔をするつもりもない。

むしろ、喜んで協力したいくらいなんだけど……。

「で、結局、土公神皇《イタームム》は僕に何をさせるつもりなんだ？」

その問いかけに、土公神皇《イタームム》は悪戯《いたずら》っぽく笑った。

「君の得意なことさ」

そして、「つまりは――」との前置きの後にこう言ったんだ。

「魔物退治。昔から君は、そういうのが大好きだろう？」

そういって土公神皇《イタームム》はおどけるように笑ったのだった。

吸血帝と魔導五帝

サイド：兎耳《うさぎ》の亜人の少女

荒野の一本道。

息を切らして私は、弟の手を引いてただひたすらに走っていた。

荒野の中を大森林に延びる街道、背には家のあるパーノケの街。

道の両サイドには、杭《くい》に刺さった串刺しの死体が等間隔に並んでいる——そんな、おぞましい光景が広がっている。

その半数が白骨化していて、残り半数にはウジが湧きハエが集り《たか》、あるいはハゲタカについばまれているという始末。

それに何より、串刺しになった二百を超える屍《しかばね》、その全てが私たち兎耳族の物だ。

「お姉ちゃん……？　どうしてこんなことに？」

答えは単純、吸血帝ヴラドに私たちの街は占領されてしまったのだ。
弟もそんなことは当然分かっている。
でも、行き場のなり思いに、誰かに「何故だ」と問わずにはいられないのだろう。
七百年前──。
吸血帝ヴラドは残虐非道の限りを尽くしていたという。
それが故に不死皇の不興を買い、対立するに至った。
吸血鬼同士の壮絶な戦いは三日三晩に亘《わた》り、最終的には不死皇の勝利に終わった。
けれど、真祖の生命力は強い。
故に、ヴラドを討伐した不死皇は、その時にこう言い残した。

──千年の後、この者は必ずや復活しこの地に災禍をもたらすだろう。

不死皇曰《いわ》く、その際は、再度この地を訪れるということだった。
が、予言よりも三百年も早く、この地で三体の真祖が確認された。
一体は不死皇と争った吸血帝ヴラド。
そして、その娘のカーミラと、息子のアルカード。
全員が五百年以上前に討滅された吸血鬼である。

――四百年前からの人間の弱体化。

当時ですら《大厄災》と言われていたような化け物にとって、街の守備兵は物の数では無かった。

ロクに抵抗もできぬまま、領主の屋敷は瞬く間に占拠された。

領地の属するリベリア帝国からも何度か騎士団が派遣されたが、これもやはり返り討ちの憂き目にあう。

そうして私たちの街は帝国から、半ば……いや、完全に見捨てられた状況となった。

結果として、今では帝国は抵抗を諦め、たまに偵察騎士団が街を遠目に双眼鏡で眺める程度となっている。

そして、ヴラドが領主の屋敷を占拠して翌日――地獄はそこから始まることになる。

それからのヴラドたちの悪逆の限りは、目を覆うばかりのものだった。

その最たるものが、生き血をするために、月に百人の命を差し出すように求めているということだ。

それは、生贄《いけにえ》を差し出せば、それ以外の命は奪わないという約束だった。つまりは、人間たちの間で……生き残る者を決めろと。

そして、街の人間たちが取った行動は――

――亜人狩りだ。

その後、奴隷商を中心とした亜人狩りの組織が街中を闊歩《かっぽ》するようになり、たくさんの仲間が捕まった。

祖父も――。

そして、父も母も。

家族の全てを失った私と弟は、決死の覚悟を決めてあの街から逃げ出してきた。

それが、現在に至るまでのコトの顛末である。

もはや……私たちの生きる場所は、あの街にはもう残されてはいない。

「お姉ちゃん、僕たち……どこまで逃げるの？」

「荒野の一本道を抜けた先の森の中よ。そこなら遠い親戚がいるはずだから」

元々、私たちはこの先の大森林に住んでいた種族だ。

一部は街に出て暮らしているわけだけど、彼等《かれら》もこの状況は知っている。

まさか、逃げ延びてきた同胞に手荒なこともしないだろう。

「お、お姉ちゃん……上を……上を見てよ」

そこで、私の視界に嫌なものが入った。

つまりは、空から舞い降りてきたアンデッドドラゴン——ヴラドの眷属《けんぞく》が、次々に道の両脇に刺さっている死体を、杭ごと噛《か》み砕《くだ》き始めたのだ。

同胞の死体を食われるという光景は精神的にはダメージを受けるものだが、その手の光景はもう散々に見た後だ。

今、私が心配しているのは……弟の危険だけ。

その意味ではアンデッドドラゴンは脅威ではない。と、言うのも——


——アンデッドドラゴンは、街を襲う外敵を駆除するという役割しかもたない。


ヴラド討伐を目的にやってきた、この地を統《す》べるリベリア帝国の一団がアンデッドドラゴンに撃破されたという話。

あるいは、冒険者ギルドから派遣されてきた凄腕《すごうで》の人たちが、撃破されたという話は記憶に新しい。

けれど、一定以上の戦力と認識されない場合、この魔物はただただ死肉を貪るだけの生き物ということだ。

「大丈夫。私たちは襲われないはずだから」

そう言って、私は弟の手を引きながら、息を弾ませ森へと向けてそのまま走っていった。

☆★☆★☆★

そして走ること一時間。

ようやく荒野を抜け、森林に入ったところで、私たちは走ることをやめて一呼吸ついた。

「お姉ちゃん、これで大丈夫なの？」

「ええ、そのはずよ。街が元に戻るまでは同族のところに身を寄せましょう」

「良かった……追っ手に捕まらないかって、僕すっごく心配していたんだ」

「いや……ダメよ、喋《しゃべ》らないで！」

遠くに、チラリと十人ほどの男たちの姿が見えた。

すぐに私は弟の手を引き、森の道から外れ、茂みの中に身を隠す。

「……亜人狩りだ」

小声で喋る弟に私は小さく頷《うなず》き、声を出さないように再度促した。

お願いだからこっちに来ないで……。

神に願うも空《むな》しく、男たちは大声で談笑しながらこちらに近づいてくる。

「しかし、森の中にまで兎耳連中を捕まえに来ることになるとはな」

「街の中の連中はあらかた狩り尽くしちまったしな。野生の連中を捕まえるでもしねーと、俺たち人間様が生き血を吸われることになっちまう」

「けどよ、さすがにやっぱり良心が痛むよな。亜人とは言え同じ人間だもんよ」

「こりゃあたまげた。捕まえた女に、イの一番で手を出す奴《やつ》の言葉とは思えねえな」

「本音と建前って言葉くらい分かんだろ？　しかし、ぶっちゃけちまうと天国みたいだ。奴隷商人の荒事担当ってことで今までは疎まれてたが、今では街の連中からは、感謝の気持ちと共に謝礼金もガッポガッポってなもんよ。オマケに女も食い放題だし」

「違いねえや、ガハハハハ」

吐き気を催すような品性下劣な会話と共に、男たちの一団は私たちの前を通り過ぎていく。

しかし、ありがたいことに……どうやら、茂みの中の私たちには気づいていないようだ。

これでやり過ごせる……。

と、ほっと息をついたその時——

　――ザザザ。

　一匹の狐《きつね》が男たちの足元を通り過ぎ、こちらの茂みの中に入ってきた。

「あ……」

　男たちの視線がこちらを向き、そして一人がニヤリと下卑た笑みを浮かべた。

「ウサギだ！　女のウサギがいるぞ！」

「良し来た！　俺が一番先だ！」

　茂みをかきわけ、男は乱暴に私の腕を摑《つか》んで来た。

「やめて、やめてください！」

「お、女の他に男の小ウサギもいるぞ！」

「可愛《かわい》い顔してるじゃねえか。俺は女には興味ねえから、こいつは俺のモンだ！」

「はは、アンタも好きだねえっ！」

　幾本もの手が伸びて来て、私と弟は森の道に引きずり出される。

　そして何発か殴られた後、地面に組み敷かれ、上半身の衣類を剝《は》ぎ取られた。

「良し、俺が一番だからな」

　でっぷりと肥えた男が鼻息を荒くして、私に馬乗りになってきた。

「ああ、神様……」

そう呟《つぶや》くと、何が可笑《おか》しいのか男たちは笑い始める。

「亜人の神様ってのは残酷だな。信心深い女の子にこんな運命用意しちゃってんだから」

「いや、それを言うなら人間の神ってのもロクデナシに違いないぞ？」

「ははは、確かにそりゃあそうだ！」

男たちの笑い声。

そして、泣き叫ぶ弟の声。

気づけば私も、その場で思わず叫びだしてしまっていた。

「私はどうなっても良いんです！　せめて、せめて……弟だけでも勘弁してあげてください！」

「馬鹿言ってんじゃねえ。両方とも俺たちの獲物だっ！」

話が通じる相手じゃない。

そんなことは分かっている。

けれど、懇願する以外に私にはどうすることもできない。

「やめて、やめてくださいっ！」

屈強な男たち数人がかりによる拘束。

万力のように強く押さえつけられた四肢は、一切の言うことを聞かずに、ただただ好きなようにされるのを待つばかり。

ああ、神様。

神様、どうかお救いください。

せめて……弟だけでも……。と、そこで私の耳に――


――ヒュオンと風斬り音が届いた。

続けて、ボトリと男の首が落ちる音。


「……え？」

「酷《ひど》い連中だ。怪我《けが》はないかい？」

そこに立っていたのは、刀を持った黒髪の少年だった。

「て、てめえ、どこから湧いてきやがったっ⁉」

大柄な男がそう叫ぶと、いつの間にかその背後に少年が立っていた。


――消えて、そして突然現れる。


何の前触れもない突然の出現は、少年がこの場所に最初に現れたのと全く同じ現象だった。

「レベル８：空間転移《テレポート》だ」

ズシャリ。

大柄な男の胸から刀が生えてきた。

「――なっ⁉」

噴水のように血が噴き出していく。

そして、ドサリと男が崩れ落ちる音。

「レベル8魔法だと⁉」

「そんな高位の魔法を使える奴が、この辺りにいるなんて聞いてないぞ⁉」

「いや、レベル8ってのは自称してるだけで、どうせガセだ！　そんな高位魔術師がこんな辺境にいるわけがねえ！」

明らかに狼狽《ろうばい》した様子の男たちは、怯《おび》えの表情と共に口々に大声でわめきたてている。

そして――少年の姿が消え、今度は一番遠くにいた男の背後に現れた。


――ヒュオンと再度の風斬り音。


袈裟《けさ》斬り一閃《いっせん》。

「アギュっ！」

悲鳴と共に、分断された体は斜めにズレていき、中身と共に地面にドサドサと崩れ落ちた。

「グギっ！」

「アグブファっ！」

少年が消えて、現れる。

一振りする度に、男たちが断末魔をあげて倒れていく。


――一人、また一人。


男たちが、汚い悲鳴と共に命を散らしていく。

対する少年の表情は涼しげとも思えるもので、息の一つも乱してはいない。

「グガアアアアアア――――っ！」

残った一人の叫び声と共に、やはりドサリと、死体が地面に転がる音が鳴った。

そして、少年は周囲の様子を見渡してから一息つくと、懐から油紙を取り出し、刀に付いた血糊《ちのり》を拭き始める。

最後に、腰の鞘《さや》に納刀したところで、こちらに向けて少年は手を差し伸べてきたのだ。

「大丈夫？　ケガはない？」

と、そこで少年は私の乳房を見て、目のやり場に困ったのか首を横にそむける。

そのまま自身の上着を脱いで、彼は私に手渡してきた。

「あ、ありがとうございます」

上着を着たところで少年はこちらを向いて、再度言葉を投げてきた。

「しかし、災難な目にあったようだね」

少年は柔和な表情でそう言った。

けれど、不躾《ぶしつけ》なことに、私は少年に対して訝《いぶか》しげな表情を作ってしまった。


――レベル８の魔法を扱う魔法剣士？


それも、この年齢で？

私には剣や魔法のことは分からない。

けれど、それがどれほど常識外れなことか……それくらいは私にも分かる。

「貴方《あなた》は一体……？」

そう尋ねたところで、私の鼻先に腐った臭いが流れてきた。

そして、臭いの漂ってくる上空を見て、私は「あ……」と言葉を失った。

それと同時、少年は私の体をギュっと抱きしめてきた。

「レベル８：空間転移《テレポート》」

少年に抱かれ、私は十メートルほどの距離を飛んだようだ。

――ドシーィンっ！


続けて、アンデッドドラゴンがさっきまで私たちがいたところに着地してくる姿が見えた。

どうしてアンデッドドラゴンが……こんなところに？

ひょっとして、強者の気配に釣られて……？

「召喚レベルとしては8……いや、9と言ったところか」

呟くと、少年はアンデッドドラゴンに向き直り刀を構える。

「ダメです！　アレは……ヴラドの眷属《けんぞく》ですっ！」

「ああ、知ってるよ」

ニコリと笑った少年は、左手をアンデッドドラゴンに向けてこう呟いたのだ。

「レベル9：熾天使浄化《セラフィム・コール》」

少年の体全体が神々しい銀色の光に包まれる。

そして光は周囲に広がっていき、一面を銀色に塗り替えていった。

「グガアア――――っ！」

光に包まれたアンデッドドラゴンの苦悶《くもん》の声。

対するは、銀色の粒子を纏《まと》う少年。

そんな少年を見て「綺麗《きれい》だな……」と、私は戦場には場違いな感想を抱いた。

その光景はまるで、先ほどの神への祈りが通じ、神の遣わした天使がこの場に降り立ってきたかのような。

——四百年前に失われたはずの、レベル9という超魔法を使った少年。

あまりに非現実的な光景に、私はただただその場で立ちつくすことしかできずにいた。

「グルル……っ！」

光が収まると、アンデッドドラゴンは血走った眼《め》で少年に向けて威嚇を始めた。

アンデッドドラゴンは、文字通りに元々がアンデッドだ。

そもそもから腐り、そして半ば崩れかけていた体。

これでは、少年の浄化魔法のダメージは分かりづらい。

けれど、アンデッドドラゴンの瞳に、怒り以外に怯えの色も見えることから、相当なダメージを与えたことは察せられる。

「なるほど、一撃では浄化できないみたいだね」

少年は再度、掌《てのひら》をアンデッドドラゴンに向け、念を込めると同時にこう言った。

「レベル10：雷神皇《エフタル》」

放たれるは、雷気を帯びた魔力砲撃。

アンデッドドラゴンは為《な》すすべもなく、その雷撃の直撃を受ける。

「グガアアアアアアアアア――――っ！」

この世の終わりを告げる終末のラッパのような大音量で、盛大にアンデッドドラゴンは叫び声をあげた。

「なら、物理的に電撃で焼けば良い」

そして――。


――ドシ――――――――インっ！

肺の底まで響く重低音と共に、アンデッドドラゴンは横ざまに地面に倒れこんだのだった。

サイド：エフタル

島での一連の出来事から、一週間後。

あの後、僕たちは吸血帝ヴラドの討伐を、土公神皇《イタームム》に依頼されることになった。

途中、アンデッドドラゴンを倒したりもしつつ、これからヴラドの所在するバーノケの街に向かうことになっている。

メンバーは島の時から二人増えて、いつものメンツにスヴェトラーナと、ブリジットも同行しているという形。

ちなみに、龍族の皆さんについては、既にそれぞれのご自宅に帰還してもらった次第となっている。

それで、このままヴラドに殴り込みをかけるって予定なんだけど……。

その前に人と合流しなくちゃいけないことになっている。

約束の時間までは数時間もある。

なので、今現在、僕たちは森の湖畔で休憩をしているという状況だ。

「しかし師匠。人間が亜人を狩って差し出すってのも無茶苦茶《むちゃくちゃ》な話ですね」

「人狩りは得意だろうということで、奴隷商が亜人狩りを請け負っているようじゃな」

しかも、奴隷商には、街の人間から謝礼金まで支払われているらしい。

――お金で命を買う。

それだけでもどうかと思うのに、街の中では一種の生贄《いけにえ》経済が成り立っているってことで、僕は震えを覚える。

いや、震えを覚えるというか、端的に言うと胸糞《むなくそ》悪いって話だけど。

「でも、ヴラドっていうのは昔に師匠とドンパチやった奴《やつ》なんですよね？」

「うむ。確かに昔に殴り合いをした記憶があるの。再生能力がエゲツなかったのを覚えておる」

「でも……どうして当時、戦うことになったんですか？」

「いや、あんな奴をのさばらせておったら、吸血鬼のイメージが悪くなるからの」

まあ、一応はサーシャも吸血鬼だ。

この人の場合は魔導の研究のために、不老不死という能力を自身で得た形である。

ヴラドというのは元から吸血鬼という話なので、その意味では大分違うんだけど。

「ちなみに、イメージが悪くなるとは？」

「いや、奴は昔ながらの残虐非道じゃからな」

「吸血鬼に、今と昔の違いがあるんですか？」

「最近の吸血鬼は、生きたまま人間を杭《くい》に刺して桶《おけ》に血を集めたりはせん。我がヴラドをボコボコにして以来は、命までは取らんやつばっかりじゃよ」

いや、それはサーシャが他の吸血鬼に強制したからなのでは……。

と、そんなことを思ったけれど、言ってしまえば話がややこしくなりそうなのでやめておいた。

「昔から疑問だったんですが……質問しても良いでしょうか？」

「うむ、何じゃ？」

「師匠は吸血鬼なのに、血を飲んだりはしないんですか？」

いや、これは本当に昔からの疑問だったんだ。

この人はワインとかは好んで飲む。

けど、僕は未《いま》だかつて、サーシャが血を飲むという姿を見たことが無い。

「うーむ……。飲めないことはないんじゃが、別に飲みたいとも思わん。別に飲まんでも体の調子が悪くなったりもせんしの」

「……そういうもんなんですか？」

「うむ。天然の吸血鬼は魔力を血液から補充する。なので連中には血は必要不可欠じゃが、我の場合は元は人間じゃろ？」

小首を傾《かし》げられて尋ねられたので、うんと頷《うなず》いて相槌《あいづち》を打つ。

「おっしゃるとおりですね」

「それでまあ、実は吸血鬼的には豚や牛の血でイケたりもするんじゃ」

「……」

豚や牛の血でオッケーというのは衝撃的だったので、思わず息を呑《の》んでしまった。

いや、でも……考えてみればそれはそうか。

食事的なものと考えると、別に牛だって豚だって猿だって人間だって、血の成分にそこまでの変わりはないだろう。

「じゃから、昔から吸血鬼にその手法を広めておったのじゃが……。ヴラドは我を嫌っておっての」

真祖だとか、吸血帝とか言われてる人だもんね。

そりゃあまあ、突然現れた――女の子の格好をしたお爺《じい》ちゃんに吸血鬼業界を仕切られては良い気はしないだろう。

そこの気持ちは分からんでもない。

「なので、我は七百年前に奴をボコボコにしてやったのじゃ」

「まあ、それは良いとして……例の件なんですが……」

「うむ、何じゃ？」

「土公神皇《イタームム》の依頼の件についてどう思います？」

前回の話をまとめると、大前提として土公神皇《イタームくずりゅう》は九頭竜の出現を阻止するために動いてる。

それを実現させるのが、十賢人の時代から生きているという古代の魔術師であるバルタザールの秘術だ。

現状、土公神皇《イターム》がバルタザールから教わったという秘術でやっていることは、概《おおむ》ね次の四つだ。

一つ目は、島の巨神のように、古代魔法文明の生物兵器に魔素を流して復活させる。

二つ目は、ヴラドのような復活を繰り返す系統の魔物に魔素を流して、復活させる。

この二つで大気中の魔素を消費して、九頭竜の出現に必要な高濃度の魔素を薄めていく。

三つ目は、それらの魔物を倒すということ。

そして最後に、ブリジットの魂の器に、倒した魔物の魔素を吸収させ、固定化して外に漏れ出ないようにする。

それで、現在、僕が土公神皇《イターム》から依頼を受けているのは三つ目の部分——つまりは魔物を退治するというところだ。

ここについては、討伐対象が古代からの超強力な魔物ばかりなので、僕が適任と判断したということらしい。

「……どうと言われても、そこに矛盾はないと思うのじゃ」

「強力な魔物は器としての魔素の容量が大きい。だから、そこに大量の魔素を送り込めば、大気中の濃度は下がるという話ですよね」

「うむ、そのとおりじゃ」

「それで、復活した魔物については自分たちで討伐して、ブリジットに吸収させる……」

「さすれば、必然的に大気中への魔素放出を食い止めることはできる。やはり理屈的には矛盾はないのじゃ」

「まあ、とんだマッチポンプのようなものですけどね」

でも……と、僕は思う。

さっき出会った姉弟《きょうだい》や、あるいはこの先の街に住んでいた亜人たち。

その人たちは、土公神皇《イタームム》がヴラドの復活を早めたりしていなければ、酷《ひど》い目にはあわなかったはずだ。

土公神皇《イタームム》は『いつかは必ず起きる、復活という時計の針を進める』という風に言っていた。

実際、理屈からするとそうかもしれない。

それに九頭竜の出現による、世界の破滅の阻止という大義名分もあるわけだけど――

「けど、このやり方はあまりにも乱暴じゃありませんか？」

しばし考え、サーシャは肩をすくめた。

「ま、今を生きるこの土地の者にとっては、迷惑以外の何物でもありゃあせんじゃろ。じゃが、しかし……」

「しかし？」

「こういう風に、討伐可能な人間を派遣するだけマシだとも言えよう。自然に復活する場合、手に負えんこともあるじゃろうし」

「うーん。今回はたまたまタイミングが悪くて、被害が大きくなっただけだと？」

「ま、良い風に解釈しようとすればという話じゃな。普通に考えれば無茶苦茶な話であるのは間違いない」

と、そこで僕はかねてから思っていた話を切り出してみた。

「師匠って、魔術学会にコネがあるんですよね？」

「名誉職みたいな立ち位置じゃが、実質的には我が一番偉いぞ？　なんせ、一番強くて、一番年上で、一番学会員やっとる年数も長いしの」

「土公神皇《イタームム》について気になることがあるので、師匠のコネを使いたいんですが……」

「気になること？」

「この前の酒宴で……ちょっとありえないことが起きまして。まあ、師匠のコネクションから、彼の周囲を洗ってくれませんかって話ですね」

「そりゃあまあ構わんが……色々とキナ臭いしの」

サーシャの言うとおりに、色々とキナ臭い話であることは間違いない。

なんせ、土公神皇《イタームム》の計画で、街が一つ占拠されたり既に被害も出ているんだからね。

とはいえ、ブリジットを魔王化から救う手立ての手がかりも今のところは他にないわけだ。

それに、僕が考えるに、九頭竜の出現自体はガセネタでなさそうだ。

そこについてはサーシャも間違いなさそうだと断言してるしね。

タイムリミットは十年ということだし、動くなら早いに越したことはないのも事実なわけで。

とにもかくにも、まずは色々と話の裏を取る必要がある。

それまでは様子見をしつつ、魔物退治をするというのが僕の方針だ。

人助けを目的とした魔物退治自体はやぶさかではない……というか、放っておけないし、とりあえずはそういう理屈で今回の依頼については二つ返事で乗っかったわけだね。

と、そんなことを考えていると、湖の方から僕を呼ぶ声が聞こえてきた。

「おにーちゃん♪」

さっきまで浅瀬で水遊びに興じていたブリジットが、こちらに向かって走ってきた。

そして、そのまま僕の胸にダイブしてきたので、優しくキャッチする。

「僕だから良いけど、危ないから他の人には飛びかからないようにね」

頭を撫《な》でると「にししっ！」とばかりに、ブリジットは嬉《うれ》しそうに笑った。

ちなみに、今もアホ毛が立っていて、非常に可愛《かわい》らしい。

いや、別に僕はアホ毛フェチというわけではないんだけどさ。

「しかし、ブリジットは本当にお主に懐いておるな」

まあ、記憶が無いだけで、元奥さんだからね。

これでもしも、全然懐かなかったり嫌われたりすると、それはそれでさすがに傷つくのは間違いない。

「うんお爺《じい》ちゃんっ！　ブリジットは……お兄ちゃん大好きだよっ！」

「おじい……ちゃん……？」

瞬時にサーシャのコメカミに青筋が走った。

っていうか、僕は今までサーシャを真正面から「お爺ちゃん」呼ばわりする人間を見たことがない。

それは勿論《もちろん》、絶対に怒ることを誰しもが分かっているからだ。

プルプルと、怒りのあまりにサーシャは震えてしまっているし……。

場合によっては、これは「レベル11：古今東西御伽草子《オトギ・ファンタジア》」が放たれてもおかしくないような事態のように見える。

「ぐぬぬ……っ！」

けど、さすがにサーシャも子供に対して大人げないと思っているのか、対処に困っている。

で、そんなことは知る由もないブリジットは、ただただニコニコと微笑《ほほえ》んでいるわけだ。

しかし、マーリンに「おばさん」と言ったり、サーシャに「お爺ちゃん」と言ったり――

――本当にフリーダムな娘だ。

そう思い、僕は思わず笑ってしまった。

その時、ブリジットと同じく水遊びをしていたアナスタシアたちも戻ってきた。

「前から思ってたんだけど、エフタルって子供好きなの？　相変わらず仲良さそうだけど」

「まあ、どちらかと言えば好きな方だよ」

「ふーん……」

「でも、どうしたのマリア？　急にブリジットの顔を見つめて……」

「いや、やっぱり……怖いくらいに子供の時の私に似てるなって」

と、そこで横からシェリルが口を挟んできた。

「……それは良しとしてエフタル。私は一つ気づいたことがある」

「どうしたんだいシェリル？」

問いかけると、シェリルは高らかに右手を掲げ、勝ち誇ったように薄い胸を張った。

「……エフタルは子供を好きだと言った。そして私も子供……つまりこれでライバルに一歩リード」

いや、誰に対してリードなのか意味が分からない。

けれど、この不思議ちゃんに今更ツッコミ入れるのも……まあ、ヤボってもんだろう。

と、そんなことを考えていると、マリアがぼんやりとブリジットの顔を見つめている姿が横目に入った。

――怖いくらいに子供の時の私に似てる。

マリアはそんなことを言っていた。

けれど、僕にはマリアには、それ以上にブリジットに何か思うところがあるように見える。

証拠に、マリアは最近……今みたいに遠い目をしてブリジットの顔をずっと眺めている時があるんだ。

あの時に起きた、魔力が同調したような現象。

あれ以来、その現象は起きてはいない。

だけど、あれは遠い遠戚ということでは説明がつかない現象だとは思う。

「ところでエフタル様？」

「ん？　どうしたんだいマーリン？」

「そもそもあの島に行った理由は、魔法適性の関連の話でしたよね？」

「ああ、時間限定の超人化――つまりはスタミナ切れを防ぐためだ」

「魔神の魂魄《こんぱく》を手に入れれば、時間の制約が無くなるという話でしたが……その件はどうなったのです？」

心配そうな表情を浮かべるマーリン。

彼女に向けて、安心しろとばかりに僕はうんと大きく頷いた。

「ああ、バッチリだよ」

「バッチリとおっしゃいますと？」

「魔神の魂魄を脳内魔術回路に取り入れて、今なら魔力の続く限りにレベル11の無限連打も可能だ。無論、時間切れも訪れない」

その言葉を聞いて、マーリンはパァっと華が咲いたような表情を作った。

「それは……おめでとうございます！」

「実はこの前、師匠とも模擬戦をやったんだけど、そこで効果も実証済みだしね」

「おお……」と、マーリンは大きく目を見開いた。

「それで、勝負の結果はどうだったのですか？」

マーリンの問いかけにサーシャは露骨に肩を落とす。

そして、どんよりとしたオーラを漂わせ始めた。

「……」

「どうしたのですか、サーシャ様？」

「……」

「……サーシャ様？」

押し黙ること数十秒。

サーシャは吹っ切れたように空を見上げ、諦観の面持ちを作った。

「……完敗じゃった」

「完敗とおっしゃると？」

「詳細は……師匠の立場がなくなるので言いたくないのじゃ」

まあ、ボコボコにしちゃったのは事実だね。

とはいえ、サーシャは色々と隠し玉がありそうだ。

なので、僕としては、前回の圧勝という結果だけを鵜呑《うの》みにはしないけど。

「師匠。色々落ち着いたら、今度も腕比べにつきあってくださいね」

「うーむ……気が進まん。せめて、我が新技を編み出すまではお預けじゃ。レベル11……四皇《シコウ》を雨あられのように投げられては、我もどうしようもないからの」

とりあえず、サーシャの言うことは話半分に受け取っておこうか。

実はレベル12が使えましたとか、そんなことをサラっと言ってきても僕は驚かない自信があるし。

　だって、サーシャだからね。

「まあ、そういうことでマーリン。これで僕は完全に魔法適性を得たという状況ではあるよ」

「エフタル様はどんどん高みに昇られますね。遂《つい》に……サーシャ様を超えられたとは」

「いや、実際に超えたかどうかは分からないよ。師匠が模擬戦で手の内を全部明かすとも思えないしね」

「けれど……サーシャ様をして、完敗だと言わせたのもまた事実でしょう？」

「それはまあ、そうかもしれないね」

「……」

「ん……どうしたんだいマーリン？」

「いえ、その……」

　そこでマーリンは涙ぐんで、俯《うつむ》いてしまった。

「かつて――。魔法適性を理由に、失意の底に沈んだエフタル様を見ていることもあって……本当に……何と言って良いか……」

　ポタリと涙が一滴。

　地面に落ちたところで、僕はマーリンの肩を優しく抱きしめた。

「……あの時はすまない。心配をかけたね」

実際、そのまま僕は病で倒れて……死に至った。

マーリンは幼かったし、子供心に相当なショックを与えてしまったのも間違いない。

「……エフタル様。私は……私は……」

震えるマーリンの肩を抱いていると、何故《なぜ》だか幼い時の彼女と被《かぶ》って見える。

今では立派に成長して、アナスタシアたちには厳しく接し、周囲に頼りにもされるようになった。

けれど、マーリンはいつまで経《た》っても僕の前では、時折少女の面影を見せてくれて――

そんなことが妙に嬉しい。

「もう、僕は大丈夫だから」

「はい、雷神皇は地上最強です」

地上最強……か。

あの時、僕は他の四皇に憧れ嫉妬し、そして失意の底にいた。

ずっとずっと追い続けていた、クリフやアイザック、そしてイタームの背中に……今、僕はやっと追いついた。

――四百年前、決戦の魔王城では僕はお荷物だった。

——他の三人に気遣われてたのも分かってるし、あの時は負担にならないように食らいついていくだけで精一杯だった。

——でも、今は違う。

——四百年前の死の直前、身を裂くように焦がれ、そして憧れた背中に……ようやく追いついたんだ。

でも……。

こうなってみると、少し寂しい気もする。

僕、クリフ、アイザック、そしてイターム。

きっと、僕がやりたかったことは……最強を目指すことだけじゃなかったんだろうと、今は思う。

勿論、誰よりも強くなりたい気持ちはある。

けれど、あの時、他の四皇に嫉妬した時の僕がやりたかったことは——

——それは、本当の意味で四人で肩を並べることだ。

引け目を感じることも無く、互いに背中を任せあえるような……そんな僕になりたかった。

そして、彼等《かれら》と同格だと……そう胸を張って思える僕になって、ただ一緒にみんなで笑いたかったんだろうなと――


――クリフとアイザックを失った今では、切にそう思う。

☆★☆★☆★

「しかし、魔術学会の連中はえらく遅いのう」

サーシャの言葉通りに、待ち人は中々来ない。

土公神皇《イターム》が言うには、今回の依頼の目的はヴラドの魔素の回収。

そして、もう一つの目的に関わってくるのが待ち人だ。

　そもそも土公神皇《イタームム》が言うには、島での戦いで僕たちの実力を把握したので、今後は魔物の討伐を任せたいという話だった。

だけど、ここで問題が発生することになる。

土公神皇《イタームム》の勢力も、魔術学会内部ではかなりの派閥だ。

魔素の固定化の受け皿はブリジットたった一人である以上、世界の一大事を部外者の僕たちに任せても良いものか……。

まあ、要はそういう意見も噴出しているという話だった。

で、そういう意見を消すために、今回は土公神皇《イタームム》派閥の人間を僕に同行させることになったんだ。

つまりは、今回のヴラド討伐で、今後の討伐についても適任か否かを確認する……そういう手はずになっている。

『まあ、いつもの君の調子でやれば納得するだろう』

そういう風に土公神皇《イタームム》は言っていた。

だけど、これが派閥の勢力争いなんかの話だとすると、そんなに簡単にいくのかと……。

そんなことを思わないではない。

「ちなみにレベル11の四皇《シコウ》の連打ってどういう感じなの？」

「突然どうしたんだいマリア？」

「いや、レベル11って言っても、実際どういう威力なのか良く分かんないからさ。今後の参考のために聞いときたいなーって。いつか私も使うようになるわけだし」

うーん。

これは、マリアはちょっと勘違いしているフシがあるな。

サーシャも呆《あき》れた顔をしているし、マーリンに至っては拳を握りしめてゲンコツを落とす態勢に入っている。

でも、アナスタシアとシェリルは普通にしてるので、やっぱり……そういうことなんだろうなと思う。

つまりは、周囲の人間が全員……世界トップクラスということで、それを当然のように思っていると。

まあ、それはそれで目標が高くなるから、悪いことではない。

今後、増長するようなことがあれば厳しく言わないといけないかもしれないけど、まあ今は目くじらを立てることもないかな。

「レベル11か。どういう風に例えようかな、うーん……分かりやすく言うと……」

「分かりやすく言うと？」

「レベル11：四皇《シコウ》を使えば、小さい山くらいだったら更地にできる感じかな」

ギョっとした表情をマリアが浮かべた。

そこで、サーシャがやれやれだと肩をすくめた。

「待て待てエフタルよ、それくらいなら我でもできるぞ」

「え？　師匠もできるんですか？」

「うむ。したがって、我より強いお主なら――リューシラ山脈くらいはちょちょいのちょいなのじゃっ！」

「いや、さすがにリューシラ山脈はちょっと……」

そう答えると、サーシャは不満げな顔を作る。

「お主は我に勝った男ぞ？　それくらいのことができんでどうする？」

無茶苦茶《むちゃくちゃ》言ってくれるなと、僕は苦笑する。

だって、それって半島の端から端まであるような山脈だもんね。

「あら、何の話をしてるのかしら？」

龍化して空の散歩にいっていたスヴェトラーナも、このタイミングで戻ってきたようだ。

「ああ、スヴェトラーナさん。ご主人様が山を吹き飛ばせるって話をしているんですよ」

「山を吹き飛ばす？」

怪訝《けげん》な表情を作ったスヴェトラーナ。

嘘《うそ》をついても仕方ないので、ここは頷いておく。

「まあ、小さい山ならね」

「うーん……。それくらいならお姉さんにもできるわよ？」

サーシャに引き続いての過激な発言に、一同の注目がスヴェトラーナに集まった。

そして、艶《なま》めかしく腰をくねらせて、スヴェトラーナは豊満な胸を張ってこう言ったんだ。

「ま、親戚を使っても良いならって話だけど」

龍の王族による……一斉ドラゴンブレスか。

確かに、それならそれくらいは簡単にできてしまいそうだ。

「何て言うか……もう、みなさん無茶苦茶なんです」

アナスタシアの言葉に、マーリンは呆れたように溜息《ためいき》をついた。

「今更それを言うのか？　そもそもここには非常識なメンツしかおらん」

「確かにそれはそうなんですけど……」

「実際……あまり調子に乗らせたくないので言いたくはないが、貴様らにしても同年代から見ると……無茶苦茶な力量だしな」

そんなことを言うマーリンの表情は、どこか誇らしげだ。

まあ……。

妹弟子だからね。マーリンは何だかんだで彼女たちを可愛《かわい》いと思っているんだろう。

と、そこでマリアが笑いながら、アナスタシアに声をかける。

「アナスタシア。山を吹き飛ばすくらい私にだってできるわよ？」

「え⁉　マリアさん本当なんです⁉　でも、そんなことをどうやって⁉」

驚くアナスタシアに、マリアはウインクと共に舌をペロリと出した。

「エフタルを使っても良いならって話だけどね。スヴェトラーナさんの親戚がアリなら、それもアリでしょ？」

その言葉で一同はクスクスと笑ったわけなんだけど——。

と、まあ、そんな話をしていると、森の奥から二人の男が歩いてきた。

一人はブロンド髪の眼鏡の男。

体は細身で、三十代前半の年齢に見える。

それで、もう一人はオークを思わせる容姿の巨体の男だった。

どうやら、魔術学会からの待ち人がやってきたらしい。

「しかし……本当にこんな小僧が？」

開口早々、名も名乗らずに、訝《いぶか》しげな表情で巨体の男はそう言った。

隠す気も無い嘲りの視線で、中々に失礼な男だとは思う。

けど、ここは土公神皇《イターム》が気遣って、僕が雷神皇であるという出自を黙っていてくれたのだろう。

「初めまして、エフタル君。私は魔導五帝のマーシャルという者です」

魔導五帝……？

そんな称号は聞いたことがないぞ？

そう思っていると、巨体の男が「フン」と鼻を鳴らした。

「この方は、土公神皇《イタームム》派閥の最上位に位置する御方《おかた》なのだ」

「派閥の最上位？」

「そのとおり。当代きっての凄腕《すごうで》の魔術師であることから、かつての四皇に倣い――バルタザール様より魔導五帝の称号を授かっておられる」

四皇と五帝……か。

まあ、安直だとは思うけれど、それを言っても始まらない。

で、巨体の男はおいといて、魔導五帝については相当な力量を感じられるね。

魔術の到達具合としては、ギリギリだとは思うけど――


――レベル10に到達している。


かつての初代四皇には敵《かな》わないまでも……うーん、そうだね。

仮に四百年前のクリフなりが、この男クラスに二人で襲い掛かられた場合――。

互角、あるいは不覚を取るかもしれない。

と、まあ、パっと見の印象ではそんなところだ。

しかし、四百年前に失われたはずのレベル10をどうやって……？

そう思っていると、サーシャが腕組みをしてアゴをしゃくった。

「挨拶するなら、まずは我にじゃろ？」

「これは申し訳ありません、不死皇」

マーシャルが頭を下げると、サーシャは満足げに微笑を浮かべる。

「時にお主――体の中に、なんか入っておるじゃろ？」

「ほう、さすがは不死皇です。初見で見抜かれたのは初めてですよ」

感嘆の声と共に、マーシャルはニコリと笑った。

「レベル10を扱える者は現代では数えるほどしか残っておらぬ。お主……どのような邪法を使っておる？」

「人魔融合と言いましてね」

「……何じゃそれは？」

小首を傾《かし》げるサーシャに、マーシャルは淡々とした口調で言葉を続ける。

「バルタザール様の秘術です」

「確か、十賢人の時代から生きておる……物凄《ものすご》く長生きなヤカラのことじゃな？」

「ええ、確かにそのとおりですね。しかし、さすがは不死皇です。まさかバルタザール様を『ヤカラ』呼ばわりされるとは」

「で、どういうことなのじゃ？」

「古代の生物兵器から作り出された特殊な核――。我々は種子と呼んでいるのですがね。それを人体と融合することで、端的に言うと我々は超越者になりました」

「……なるほどの。つまりは魔物の力を使った改造人間ということか」

「そういうことですね」

マーシャルはサラっと言って、サーシャもサラっと納得しちゃったけど……。

内容の非常識さに、僕は衝撃を覚える。

十賢人の時代から生きるバルタザール――その秘術は古代の生物兵器から核を作って人間を改造したり、魔物の復活を早めたり……。

ほとんど何でもありみたいな秘術の数々に、薄ら寒いモノを感じざるを得ない。

と、その時、巨体の男はニヤリと笑い、僕に挑戦的な視線を向けてきた。

「不死皇なら分かるとして、私にはやはりこの小僧が適任とは思えませんな」

やはり隠す気もない嘲りの視線を受け、僕は少しだけ語気を強めて尋ねる。

「……分からないと言うと？」

「確かにお前はあの島で……剣神皇と名勝負を繰り広げたという話だ。が、『レベル10』の奇跡の技の前では、お前などひとたまりもなかろうに」

レベル10という言葉を強調して言ってきてるあたり、やはり土公神皇《イタ－ム》はこの男には何も伝えていないらしい。

それは本当にありがたい。

だけど、やっぱり子供の見た目ってだけで、面倒な人間に絡まれるのはいい加減うんざりだ。

「……」

さて、どう対応したものか。

そう思い黙っていると、男は何を勘違いしたのかニヤリと笑って、嬉《うれ》しそうに掌《てのひら》を叩《たた》いた。

「ふふ、所詮は小僧だ。レベル10と聞いて恐れをなしたと見える。まあ、そもそも今回の魔物討伐は魔導五帝の管轄の話で、子供が出る幕ではないわけだから……それは当然なのだがな」

「……」

「そもそも土公神皇《イタームイ》も土公神皇《イターム》だ。こんな子供にヴラドの討伐など可能なわけがない。討伐の首尾を見るなどせずに、最初からこの小僧とマーシャル様とを手合わせさせれば、適格か否かなどすぐに分かるというのにな」

「……」

「どうだ小僧？　私からマーシャル様にお願いするから、手合わせさせてもらってみるか？　お前もこのまま無謀な突貫をして、吸血帝ヴラドに血を吸われ——串刺しにされて死にたくはあるまい？」

巨体の男は鼻息を荒くし、僕にまくしたててくる。

「……と、この方もこう言っているので――やってみますか？」

巨体の男から視線を切って、僕はマーシャルに向き直る。

すると、僕の言葉に巨体の男は驚きの顔を作った。

「な、何を言っているのだ小僧？　レベル10を扱う御方に敵うはずがないだろう？」

僕としても、バルタザールの秘術の力は見てみたい。

つまりは、人魔融合の力とやらで作り出されたこの男の力をね。

まあ、何となくならこの男の力量は察することができる。

けど、こればっかりはやってみないと本当のところは分からないし。

「いや、それはやめておきましょうかエフタル君」

「え？　どういうことでしょうか？」

そう尋ねると、マーシャルは肩をすくめて、降参のポーズをとった。

「やらなくても分かりますよ。私は負けます」

ニコリと笑うマーシャル。

意外な反応に、僕は肩透かしを食らった気分になった。

「そうですねエフタル君。私の力量は――君の足元に届いている程度……そういったところでしょう」

マーシャルの言葉を受け、巨体の男は大きく目を見開いた。

そして何やら思案した後、すぐに気を取り直したかのように「カッカッカ」と笑い始めた。

「これはお戯れをマーシャル様。まあ、確かに冗談としては笑えますがね」

「いや、これは純然たる事実ですよ。マリソンさん」

断言するマーシャル。

巨体の男は、限界まで目を見開いて狼狽《ろうばい》した様子になる。

「なっ……？　い、今……何とおっしゃいました？」

「エフタル君の力量は私よりも相当な高みにある。そう言いました」

「いや、そんなことはありえません！　種子も貰《もら》っていない子供ですよっ⁉」

「貴方《あなた》は見た目に囚《とら》われすぎます。魔導とは万物をありのままに見ることが肝要です——このままだと、いつまで経《た》っても貴方はバルタザール様から種子を貰えないでしょうね」

「し、しかし……魔導五帝である貴方をしてそこまで言わせるとは、この少年はそれほどまでの……？」

そしてマーシャルは柔和な表情と共に、僕の肩をポンと叩いてきた。

「まあ、今回は『見』に回らせてもらいます。我々、魔導五帝の五人と君の陣営。どちらが討伐の任にふさわしいかを……ね」

☆★☆★☆★

夕暮れのバーノケの街。

僕たちが群衆に紛れて潜入した街の広場は、熱狂の渦に包まれていた。

ギロチンの設置された処刑場は異様な雰囲気に包まれ、人々が血走った目で口々に叫んでいる。


「殺せ！」

「亜人を殺せ！」

「兎《うさぎ》耳を殺せ！」


殺気だった群衆に満たされた広場――ギロチンの前に並ぶのは、縄で手を縛られボロを纏《まと》う兎耳の亜人たちだ。

状況的には、これから公衆の面前で亜人を殺して血を抜くと……そういったところか。

そして、広場の中心には一際目立つ一角が存在する。

そこには赤絨毯《じゅうたん》が敷かれ、壮年の黒髪の男が玉座のような椅子に座っていた。

つまりは、黒一色の服装に身を包み、優雅に座っているあの男が吸血帝ヴラドというところだろう。

こちらのメンツは――僕、サーシャ、そして魔導五帝のマーシャルと巨体の男の、都合四人。

ちなみに、アナスタシアやブリジットたちは戦力外ということで街の外に置いてきている。

魔素の吸収については、ある程度の距離があっても大丈夫ということだ。

なので、そこについてはこの布陣で問題ない。

それと、スヴェトラーナとマーリンについては、別口でやってもらいたいことがあるので同行していないっていうのが現状だ。

と、そこで僕は隣に立つマーシャルに問いかけた。

「そろそろ処刑が始まりそうですが、僕とサーシャの好きにやっても構わないんですよね？」

「ええ、今回は『見』に回ると言いましたよね？」

「了解です」

そこで、群衆から一際大きな声が沸き上がった。

「殺せっ！」

「殺せっ！」

「殺せっ！」

口々にそう叫んでいる人々。

そのほとんどの表情には、恐怖が混じっている。

実際問題、この人たちはヴラドに血の生贄《いけにえ》を求められて、亜人たちを差し出しているわけだ。

それは、自分の命が助かるための半強制で、仕方ない部分はあるとは思う。

けれど――。

中には嬉々《きき》として盛り上がっている人もいるように見受けられる。


――人間に亜人を狩らせて、吸血鬼に捧《ささ》げさせる。


恐らくは、奴隷商を中心とした連中は、率先して吸血鬼に協力している立場にあるんだろう。

無論、彼等《かれら》については、反吐《へど》が出そうとしか言いようがない。

「師匠。一刻も早く終わらせましょう」

サーシャが頷《うなず》いたのを確認すると同時、僕は掌をギロチンに向けた。

「レベル7：魔王炎熱陣《エビルフレア》」

放った爆発魔法が、ギロチンを中心に炸裂《さくれつ》した。

「きゃあああっ！」

甲高い女の悲鳴。

それを皮切りに、人々は広場から蜘蛛《くも》の子を散らしたように逃げていく。

続けざま、風の魔法で何人かの兎耳の亜人の縄を切る。

すると、狙い通りに彼等は仲間の縄を解《ほど》き始めた。

良し、これで彼等もすぐに広場からの離脱を始めるだろう。

「何が起こった！」

燃え盛る木片が、パラパラと周囲に舞い散っていく。

そんな中、広場の中央で激昂《げきこう》しているのは吸血帝ヴラドだった。

そして広場から逃げる人波をかきわけ、僕とサーシャは広場中心に向かって歩を進めていく。

と、人波を抜けると、ヴラドの近くに控えていた二十人ほどの一団が、僕たちの前に立ちふさがった。

この連中は……見たところは人間か。

荒事を生業《なりわい》とする人間特有の粗暴な佇《たたず》まいから、奴隷商人の一団といったところだろう。

「な、何者だ⁉」

そう尋ねられても、特に応える義理も無い。

と、僕はノーモーションでレベル５の風魔法を一団の前方に向けて放った。

「うぎゃあ！」

「ぐはっ！」

「たす……りゃっ！」

ドサリ、ドサリ、ドサリ。

断末魔をあげながら、都合五人の男が細切れにされてその場に倒れていく。

如何《いか》に奴隷商とは言え、僕も無駄に人間を殺す趣味はない。

これで力の差に気づいて逃げてくれれば良いんだけど……。

と、思ったところで一団の中で一番身なりの良い男――奴隷商人と思わしき男が声をあげた。

「たかが賊相手に、ヴラド様のお手を煩わせてはなりません――お願いします先生！」

その言葉で、一団の中から一人の男が歩いてきた。

そのまま、男は僕たちを見やるとニヤリと不敵な笑みを浮かべたんだ。

「亜人に頼まれての救出作戦というところか？　しかしお前たちは幾ら積まれたのだ……金貨百枚か、あるいは二百枚か？」

「……」

「ふっ、馬鹿な奴《やつ》らだ。自らの命は金では買えんのだぞ？　我は影の魔剣士ブルクハルト！　勇名を馳《は》せたこの名――黄泉《よみ》の国にて、我に殺されたと誇るが良いっ！」

影の魔剣士ブルクハルト？

聞いたことのない名だなと、サーシャに疑問の視線を送ってみる。

「知ってますか師匠？」

「うーむ……。そういえば二十年ほど前、魔術学会にそんなのがいたような……いなかったような」

「と、おっしゃると？」

「確か、裏稼業で荒稼ぎをしているのがバレて、学会を追放されたヤカラじゃったかな？」

そこまで話をしたところで、ブルクハルトは剣を抜いて僕に向かって距離を詰めてきた。

「ちなみに師匠、ブルクハルトの魔法技量は？」

「確かレベル8をギリギリで使えるか使えんかくらいのはずじゃ」

「分かりました」

大上段から振り下ろされた、ブルクハルトの剣を避《よ》ける。

そして抜刀し、右手を肘から切り落とす。

「ぬぐあああああっ！」

ヒュオン、ヒュオン、ヒュオン。

続けて放った三つの斬撃がブルクハルトの左手、右足、左足と切り落としていく。

「ぬ、ぬ、ぬあああああああっ！」

ボトリボトリと手足が転がり、最後に四肢を切断されたブルクハルト本体が地面に転がった。

そして僕は、奴隷商たちを「キっ」と睨《にら》みつけたんだ。

「で――。まだやりますか、皆さん？」

その言葉で、奴隷商たちは「ひいいっ！」と、口々に悲鳴を上げる。


「こ、こ、殺さないでください！」

「出来心、出来心だったんですっ！」

「お、お、お助けください！　見逃してください！」


そうして奴隷商の一団は後ずさりし、僕たちから少し距離をとった後は、一目散に走って逃げ出し始めた。

残すはヴラドだけ……。

と、そう思ったところで、広場中央から黒炎が奴隷商の一団に向けて放たれた。

「ぎゃあああっ！」

一団の全員が炎に焼かれ、地面に倒れて転がり、絶叫を奏でる。

数秒で彼等は黙り、十秒ほどで骨までを焼かれて消し炭となった。

そして——。

広場には、誰もいなくなった。

向こうにはヴラド、十メートルほど距離を置いて——僕とサーシャ。

「久しいのヴラド」

「ほう、不死皇か」

そう言うと、ヴラドはニヤリと笑みを浮かべたのだった。

☆★☆★☆★

僕の目の前——。

数歩進んだところにサーシャが立ち、ヴラドと対峙《たいじ》する。

「ヴラドよ。かつてのノーライフキングが酷《ひど》い有様じゃな」

少し悲しげな声色で、サーシャはヴラドにそう問いかけた。

「不死皇よ。また七百年前と同じ問いかけをするというのか？」

小さく頷《うなず》き、サーシャは更に言葉を投げかける。

「我が吸血鬼になりたての頃、お主は……人の血はすすれど、人間を串刺しにするような趣味は無かったはずじゃ」

その問いに、ヴラドは「ふっ」と笑った。

「それは長きを生きる吸血鬼の宿命だ。別段、おかしなことは何もない」

「そうじゃな。確かに昔のお主は……既にどこにもおらん」


――吸血鬼のイメージが悪くなるから。


そんな軽いノリでさっき、サーシャはヴラドを討伐したと言っていた。

けれど、どうやら話はそんなに単純ではないようだ。

色んな思いの末に……かつての戦いがあったことは想像に難くない。

と、そこでサーシャは僕の方に顔を向けると、少しだけの哀の色を表情に混ぜた。

「エフタルよ。こやつの言うとおり、長きを生きる不死者は――生きながらにして脳が立ち腐れになっていく」

「ええ、それは以前にも聞いたことがあります」

サーシャの言うとおり、長命にはデメリットがある。

つまりは、長きを生きすぎて感情や理性を失ったり――。

今のヴラドもまた、不死者の避けられない宿命に呑《の》まれたということなのだろう。

「もし、我が引き際を誤り、自害の機を逸した場合――我の始末はお主に任せておくからの」

「……分かりました」

本当であれば、ここは深く色々と話をした方が良いんだろう。

けれど、長い付き合いだ。

サーシャが「やれ」と言って、僕は請けた。

僕たちにとってはこれだけで十分だし、ほんの少しのやりとりだったけど……この約束は僕とサーシャのどちらかが死ぬまで、重い約束として生きるだろう。

と、僕が小さく頷いた時、ヴラドはサーシャに向けて高らかに笑い始めたんだ。

「しかし不死皇よ、正気か？」

「正気とは？」

「七百年前、私の眼前に立ちはだかったお前は……策を弄していたように見えたのだがな？」

ヴラドの瞳が真紅に怪しく光った。

これは吸血鬼が多用する特殊能力で、確か――


――魅了のスキル。


ヴラドに見据えられたサーシャは、フラフラと上体を揺らした。

やがて、サーシャがゆっくりと膝をつくと同時、ヴラドの更なる高笑いが周囲に響き渡った。

「ふはは！　七百年前――魅了避けのありとあらゆるアーティファクトに身を固め、ようやく私を滅したというのに……不用心なことだなっ！」

その言葉と同時、サーシャはすぐに立ち上がり、コキコキと首を鳴らした。

「良し、レジスト完了じゃ。しかしヴラドよ……それは七百年前の我の話じゃろ？」

「……何だと？」

「魅了対策の研究なぞ、四百年も前に終えておるわっ！」

「なら、そちらの従者の小僧であれば――っ！」

今度はヴラドは僕に魅了を仕掛けてきた。

滅茶苦茶《めちゃくちゃ》強力な術式で……まあ、対処法を知らなければ、ひょっとすると操られていた可能性もある。

そして、僕にも完全に魅了をレジストされた形となったヴラドは驚愕《きょうがく》の表情を浮かべた。

「なっ⁉」

「無論、こやつにも対処法は仕込んでおる」

なるほど。

修業時代、魅了の状態異常関係について徹底的に叩《たた》き込まれたのは……そういう理由だったということか。

「不死皇ではなく従者までもが……だと？」

顔を歪《ゆが》ませたヴラドだったが、彼はすぐに余裕の表情を取り戻した。

「なるほど、さすがに半端な者を連れてきてはいないようだな、不死皇」

「だが……」と、ヴラドは醜悪な笑みを浮かべた。

「前回と違い、こちらには他の真祖……カーミラやアルカードがいるのだ。こちらの優位は揺るがんよっ！」

事前にサーシャに聞いていた相手方の戦力分析的には――


――ヴラドが七で、カーミラとアルカードを合わせて三。

オマケに、カーミラとアルカードは闇の補助魔法が得意ということだ。

もしも、合流してしまうと、少し不味《まず》い。

つまりは、向こうの最大戦力であるヴラドの力が跳ね上がると、サーシャにそう聞いている。

「奴らはこの街に滞在しておってな。呼べば……数分の内に、この場に馳《は》せ参《さん》じるだろう」

ヴラドの余裕の笑みに対し、サーシャは断言した。

「いや、来ぬ」

「……何？　どういうことだ」

訝《いぶか》しげな表情をヴラドは浮かべる。

その時、街の向こう側から爆発音が起きた。

雷気を帯びた魔力撃、続けて天に舞い上がったのは龍の巨体だった。

つまりは、あれは龍化したスヴェトラーナと、マーリンの雷神撃《トールハンマー》だ。

「生憎《あいにく》、向こうには龍姫スヴェトラーナと孫弟子を行かせているものでな」

向こうの空を見て、ヴラドは呆然《ぼうぜん》とした表情を作った。

「龍姫……だと……？　不死皇よ……いつの間に龍族と縁を……っ!?」

「七百年前も経《た》っておるのじゃぞ？　さあ、これで二対一じゃ。もはやお主には勝機は無かろう」

「ぐっ……」

涼しげな声色のサーシャ。

そして、肩を震わせ呆然自失の表情を浮かべるヴラド。

どうやら、この時点で勝負ありというところらしい。

「かつての旧友としての言葉じゃ。ノーライフキングとしての意地を見せ——潔く自害せよ」

そう言い放ったサーシャに、ヴラドは最早《もはや》これまでとばかりに両手をあげた。

「不死皇よ。確かにこれではお前に勝てる筋道が浮かばん」

ヴラドの背中に、コウモリの翼が出現する。

そしてふわりと浮かび上がり、数メートルほどの中空で言葉を続けた。

「しかし——進化しているのはお前だけだと、何故《なぜ》思う？」

ヴラドは笑い、両手を広げる。


「——血を捧《ささ》げよ」


魔力が、街の至る所に流れていくのが分かる。

そして、やはり街の至る所から赤い線——血の川がヴラドに伸びてきた。

そのまま、ヴラドの周囲に血が集まり、その心臓に次々と吸収されていく。

「不死皇が現れる可能性があったのでな、事前に街中に血の樽《たる》を用意させてもらっていた」

血を吸収するヴラドから発する魔力がグングンと伸びていく。

そして、魔力が高まるにつれ、ヴラドの表情に喜色が混じっていった。

なるほど、これは相当な強化を施しているようだ。

だけど……見たところ、所詮は悪あがきといったところだろう。

「悪あがきは見苦しいのじゃヴラド。それで我等《われら》二人を何とかできるとはお主自身も思うておらんじゃろ？」

サーシャの問いに、ヴラドは素直に頷《うなず》いた。

「ああ、そのとおり。だが、逃げることならできると思わんか？　時刻も夕暮れ、あとしばしの時があれば周囲には闇が満ちる」

吸血鬼の特殊能力の一つである――影渡り。

暗闇になれば、確かに僕やサーシャでも闇に紛れたヴラドを追いかけることは困難だろう。

「知っての通り、私は吸血鬼の王だ。ノーライフキングの名前は伊達《だて》ではない」

「夜になるまで殺されない自信はあると……そういうことかの？」

コクリとヴラドは頷き、そこで不思議そうに小首を傾げた。

「しかし、七百年前のあの時……お前は結界で私の逃亡を防いでいたはずだ。何故だ？

何故、今回は……」

ヴラドを見上げ、サーシャは肩を微《かす》かに震わせる。

「その必要がないからじゃよ。よもや、ここまでお主の醜態を見ることになろうとは……」

「日没までは残り二十分程度。それまでに私を滅することができると言うのか？」

「いや、その時間では、我では無理じゃろうな」

「……？」

怪訝《けげん》な表情を浮かべるヴラド。

そして、「やってしまえ」とばかりに、サーシャは僕に振り向きもせずに右手をあげた。

「あいにく、後ろに立っておる男は、我より強い」

「何を言っているのだ……お前は？」

「それも格段にな」

さて、どうやら話も終わったようだ。

まあ、二人には過去に色々あったんだろうから、今まで黙っていたんだけどね。

「良いんですね師匠？」

「ああ、構わぬ。ここにおるのは我の知るヴラドではなく……ただの外道故にな」

そのまま、僕はヴラドに照準を合わせて掌《てのひら》を掲げる。

魔力を高め、術式を練り上げ、脳内魔術回路を通して掌に流す。

これは四大元素の全てを合わせたが故に、全ての特徴が相殺された純粋な魔力砲撃。

だけど、無属性ということは全ての者に対し、等しく魔力砲撃の強さに応じたダメージが通るということでもある。

――たとえ、それが不死属性の吸血鬼であってもね。

「レベル11：四皇《シコウ》」

暴力的と表現しても良いような閃光《せんこう》が迸《ほとばし》る。

ヴラドは魔力砲撃の直撃を受け、レーザーのような砲撃の光に呑まれた。そして――。

「かっ……はっ……」

光が収まった後、息も絶え絶えといった風な苦悶《くもん》の表情を浮かべ、ヴラドは空に浮かんでいた。

全身の皮が焼けただれ、ところどころ骨が見えるまでに肉が削《そ》げ落ちている。

身体再生の限界を超えているのか、再生が始まる様子もない。

「ほう、これをしのぎよるか」

「ぐ……、レベル……11……だと？」

「さすがの耐久性だと言いたいところじゃが……信じがたいことに、こやつは――」

そしてサーシャは首を左右に振って、やれやれだという風に肩をすくめた。

「何度も何度もレベル11を連発できるんじゃよな」

サーシャのオーダーどおりに僕は再度、上空のヴラドに向けて掌を掲げる。

「レベル11：四皇《シコウ》」

そして——。
都合四発の四皇《シコウ》をぶちかましたところで、ヴラドの肉体は完全に消失した。

☆★☆★☆★

そして翌日——。

バーノケの街に、偵察目的の騎士団が到着した。

ヴラドの恐怖政治で治安は最悪に近かったんだけど、これですぐに街は元通りになるだろう。

殺された領主の代わりに、帝国から領主代理として一時的に官僚が来るって話だしね。

全てが終わり、バーノケの街を出た僕たちは森の中で野宿することになった。

「まさかレベル11を扱うとは……いやはやこれは……」

　みんなで一緒に焚き火《たび》を囲んでいる巨体の男は、畏敬の表情で魔導五帝のマーシャルに向けて言葉を続けた。

「マーシャル様。これは認めざるを得ませんな」

　言葉を受け、マーシャルは何かを考えるように火を眺めている。

「……そうですね」

「ええ、さすがの魔導五帝と言えど、レベル11の領域には達しておりませんので」

「それでは土公神皇《イタームー》の意思通り、次回からの魔物討伐はエフタル君の主導で行いましょう。ブリジットについては、それまでこちらで預からせてもらいます」

　マーシャルが言い終えると、マーリンがスッと僕に紅茶を差し出してきた。

「時にエフタル様。今後の予定を聞いていませんでしたが、どうなされるので？」

「とりあえず、次の討伐までに時間があるってことだし、僕は少し実家に戻ろうと思う」

「ご実家に？　何かあったのでしょうか？」

　そこで僕は肩をすくめてクスリと笑った。

「フレイザー兄さんに呼ばれていてね。セシリア姉さんが結婚するらしいんだ」

「結婚式？　それはおめでとうございます」

「公爵家の婚姻は国事に近いしね。さすがに僕も行かないわけにはいかない……姉さんとは仲も良いし」

「それでは我々は？」

「ええと、スヴェトラーナはこのまま龍の宝物庫に戻るんだよね？」

「そうよ。あんまり外に長居するわけにもいかないしね」

「なら、サーシャと一緒にマーリンの学院に戻ると良い。そこで二週間後に合流しよう」

「仰せのままに」

ペコリとマーリンが頭を下げた時、僕はブリジットが涙目になって頬《ほお》を膨らませていることに気づいた。

「どうしたんだい、ブリジット？」

「……やだ！」

「え？」

「やだやだ！　私はお兄ちゃんと、もっと一緒にいたいの！」

駄々《だだ》っ子《こ》そのまんまな様子に、思わず僕は苦笑してしまう。

「また会えるって話だし、今回は大人しく帰ってくれよ」

「えー……」

頭を撫《な》でると、ブリジットはグスリとしながらも頷いてくれた。

まあ、これで、とりあえず初回の魔物退治については一件落着というところだろう。

☆★☆★☆★

翌日の夜。

月明かりを頼りに、僕は一人オルコット公爵領に向けて山道を歩いていた。

フクロウの声が遠くに聞こえ、鈴虫の鳴き声が涼しげな――そんな夜だった。

「夜道の一人歩きとは、さすがに豪気ですね雷神皇《エフタル》」

振り向くと、そこには魔導五帝のマーシャルが立っていた。

「気配を隠しもせずに後ろからついてきているから誰かと思えば……魔術学会本部に帰ったはずじゃないんですか、マーシャルさん？」

「はい。ブリジットは確かに送り届けましたよ」

「……それで、僕に何の用でしょうか？」

「初代雷神皇：エフタル。いやはや、噂《うわさ》以上でしたよ。確かにレベル11の連打には舌を巻きました」

「それはどうも。お褒めいただき光栄……と、そんな風に答えれば良いんでしょうか？」

「はは、まあ君は強い。無論、私では君には到底かなわないでしょう」

冷酷な笑顔とでも言うのだろうか。

表情は柔和にしても、目の奥が一切笑ってはいない。

「人魔融合の種子――力を授かる前の私なら話にもならない。いや、今ですらも足元に及んだ程度でしょう。我々は四皇《シコウ》に並んだとして五帝と名付けられましたが……所詮は偽物というところでしてね」

「……」

「しかし、偽物としても……一人相手に我々全員相手だと、話はどうでしょうか？」

突如として、マーシャルの周囲に四人の男が現れた。

「レベル８：空間転移《テレポート》ですか」

これで、相手は五人になった。

勿論《もちろん》、それぞれが只者《ただもの》ではなく、発する魔力もそれ相応となっている。

ともかく、これで魔導五帝の全員が揃《そろ》ったという風に見えるね。

「貴方《あなた》たちは魔術学会の土公神皇派閥《イタームム》の最重鎮なんですよね？　それが僕一人に……しかも夜道に会いに来るなんて……何のつもりなんです？」

「はは、雷神皇《エフタル》ともあろう方が察しが悪い」

そして、五人それぞれが攻性の術式を紡ぎ始めた。

「殺すにしても、五人でなければどうにもならないと判断したからと……それ以外に回答のしようがない」

そこで僕は刀を抜いた。

キラリと月夜に刀身が煌《きら》めいたところで、マーシャルに問いかける。

「一応、理由を聞いておきましょうか」

「先日——今回は『見』に回ると言ったはずでしょう？」

「……つまり、僕を殺せるかどうか判断していたと？」

「ええ、ご名答。魔術学会本部に戦闘の記録は送られていましてね。土公神皇《イタール》、いや……バルタザール様は君を、邪魔とはみなせど脅威とはみなさなかった。それが理由です」

「なるほど、つまりは最初から、僕は貴方たちの掌の上にいた……と？」

「バルタザール様は慎重な方だ。故に炎神皇《クリフ》を倒した君をずっと警戒しておられましてね」

「それが、どうして今になって急に？」

マーシャルはすっと掌をこちらに向けてきた。

そして、他の四人もそれに追従する。

それぞれがレベル10の術式を練り上げていて、さすがに僕でも全部を捌《さば》ききれる自信はない。

「十分に分析をし、憂いを無くしてから殺す。ただそれだけのことです」

「大体の事情は分かりました。ああ、それでこちらからも一つ言いたいことがあるのですが……」

「冥途の土産というやつですね。聞いてあげましょう」

「話は聞いていたね？　サーシャ、マーリン、スヴェトラーナっ！」

僕の影からニュルリと三人が這《は》い出て来る。

「狭かったのじゃああああ！　っていうか、お前等《まえら》無駄に乳がデカすぎるのじゃ！　特にスヴェトラーナ——何なのじゃそのけしからん乳はっ！」

「サーシャ様、今はそんな冗談を言っている場合ではありません！」

「あらマーリンちゃん。大きさで負けたからってそんなに怒っちゃって……お願いだから、ひがまないでくれるかしら？」

三人はそのまま僕の後ろに立った。

これで、互いに向き合うのは四対五という形になったわけだ。

もちろん、マーシャルたちの表情にはこちらの突然の援軍に、明らかな狼狽《ろうばい》の色が走っている。

「……何故《なぜ》？」

「我は不死皇じゃぞ？　ヴラドではないが、影の中に潜むは十八番《オハコ》に決まっておろう」

「いや……そうではありません。何故に貴方たちがここにいるんです？　目的地は別で、今朝に別れたはず……」

　マーシャルの疑問に、僕は刀を中段に構えながら応じる。

「貴方たちが敵か味方かも分からないのに、一人になる馬鹿がどこにいます？」

「……最初から、私たちを誘い出すために……一芝居打ったと？」

「もしも仕掛けてくるなら、このタイミングかなとも思いましてね。アテが外れたとして、合流するのはすぐできますし」

　そう言い放つと、マーシャルは脂汗を流し始めた。

　覚悟を決めた表情は、敗北が決していることを十分に理解しているということで良いだろう。

「雷神皇《エフタル》……いつから我々を疑っていたのです？」

「最初からですよ」

「最初……？」

「島で土公神皇《イターム》が酒宴を開いた時から。あれは……確かに土公神皇《イターム》の姿をしているし、事実、土公神皇《イターム》なのでしょう。だが、あれは決して僕の知る土公神皇《イターム》ではない」

「……何故、それが分かるのです？」

「洗脳されて傀儡《かいらい》状態になっているってところでしょう？　少なくとも、土公神皇《イターム》がまともじゃないってのは、僕には分かるんですよ」

「……」

黙り込むマーシャルだったが、図星だというのは顔を見れば書いてある。

「その昔——馬鹿な四人がいたんです」

「……？」

「ポーカーで勝負した場合、彼等は一番負けた人間に、必ず何らかの余興を強いました」

「ポーカー？　何の話を……？」

「そのうちの一人が、余興でエールをしこたま一気飲みさせられた……。昔、そんなことがあったんですよ。あいつは二日酔いどころか、四日酔いの悪夢を経験して——その後、エールを飲めなくなった」

そう——。

僕が最初に疑ったのは、酒宴で土公神皇《イターム》がエールを飲んだその時からだ。

「まあ、そんな昔のくだらない話ってところですよ」

いや、実際に本当にくだらないところなんだよね。

でも、おかげで助かったのは事実だ。

この五人に一気に襲い掛かられれば、不覚を取るか否かの確率は……半々ってところだったろう。

ともかく、こちらはフルメンバーに近い状態なので、これで負けは無い。

そう思っていると、魔導五帝の一人が急に笑い始めた。

「ふ、ふふ、ふははっ！　人魔融合した人間は百を数える。この場を切り抜けたとして、たったそれだけの人数で何ができると言うのだ？」

確かに、それはそうだ。

魔導五帝のクラスでは無いにしろ、それに近い領域の人間が大量にいるのは不味《まず》い。

が、それは後になってから考えれば良い話だ。

と、そこで、マーシャルは笑う男を掌《てのひら》で制し、僕に向けて頭を下げてきた。

「負けると分かっていても、我々も引くことはできない。最後に……願いがあるのです」

「何でしょうか？」

「──散るならば、せめて尋常な魔導の比べあいの中で……一対一の勝負を願いたいのです」

「……その心は？」

「最後に、初代四皇と立ち合える。それは現代に生きる魔術師としては、夢のようなことですから」

死を受け入れた男の眼差《まなざ》しに、僕としても思うところはある。

マーシャルも魔導を志す者として、心意気そのものはあるんだろう。

――最後に偉大な魔術師に敗れ、そして散る。

生涯をかけて磨き上げた力を試した上で死ぬ、その心は分からないではない。けれど――。

「答えは否です」

「……なっ⁉」

「魔物の核を受け入れて……誰かに貰《もら》って得た力に、僕は敬意を表せないので」

そうして――。

乱戦が始まり数分の後、魔導五帝は物言わぬ屍《しかばね》となった。

大魔術師バルタザール

戦いが終わった後――。

サーシャが神妙な面持ちで尋ねてきた。

「どうやら、土公神皇《イタームム》……いや、バルタザールは我らと敵対するつもりのようじゃの」

「ええ、どうにもそういうことみたいですね」

「で……どうするのじゃエフタル？」

しばし僕は考える。

そして、首を左右に振って逆にサーシャに問いかけた。

「師匠は、九頭竜《くずりゅう》の出現についてどう見ますか？」

「ふむ……？」

「土公神皇《イタームム》が提示した資料によると九頭竜の出現までは十年という話ですが……」

「確かに、そういう話じゃったな。あの資料自体が怪しいと疑っておるのか？」

「いや、そうは思いません。ただ、そこはちゃんと確認しておきたいと……そういうことです」

何しろ、世界が崩壊するかどうかって話だ。

バルタザールとこのまま敵対するとして、大元のそこを曖昧にしておくのは不味い。

残念ながら知識は向こうの方が上だし、僕たちがバルタザールを倒したとして、そのせいで九頭竜が復活したりしたら目も当てられない。

「知っての通りあの資料は我が預かり、あれからずっと眺めておるわけじゃが……」

サーシャは困ったように眉をへの字に曲げる。

そして、大きく頷《うなず》き断言した。

「じゃが、やはりあの計算式はハッタリには思えん」

「観測結果については？　実は僕が気にしているのはそこでして……」

と、そこでサーシャは僕の言葉を手で制してきた。

「観測結果についても、同時期の他の自然現象と符合する点が多い。アレについても偽りとは思えん」

「と、なると……」

「うむ。アレ自体は正しいという前提で動いた方が良かろう」

「なら、最悪を想定して動きましょう。コトがコトですし、悠長にしている時間はなさそうです」

と、そこで僕は思わず舌打ちしてしまった。

黒か白か分からない状況だったとはいえ、ブリジットの身柄を相手方に渡してしまったのは失策だ。

「しかしお主……動くと言ってもアテはあるのか？」

「ええ、少し危ない橋になりますが」

「ふむ？　危ない橋じゃと？」

「今から、リラベル地方に向かおうと思います」

そう言うと、サーシャは不思議そうな表情を作った。

「リラベル地方？　我の住居の大森林に向かうのか？」

確かにそこはサーシャの住居のある大森林でもある。

けれど、僕の狙いは別にある。

「正確に言えば、マリアの生まれたエルフの森の近くってことですね」

「どういうことじゃ？」

「とにもかくにも、情報が足りません。まずは事情通から話を聞かないと……どうにもならないのかなと」

「いや、しかしお主……それができれば苦労はせんじゃろう？」

危ない橋にはなるけれど、元々、どの道渡ろうと思っていた橋でもあるしね。

と、そこで僕はマーリンに向けてニヤリと笑った。

「今回は運が良かったんです。これから向かうのはクリフが使っていた隠れ家の一つということですね」

僕の言葉に、急に話を振られたマーリンは「あっ」と声をあげる。

「なるほどエフタル様、それならば……確かに」

そんな僕たちのやりとりに、サーシャは首を傾《かし》げる。

「うむ？　どういうことなのじゃ？　我にも分かるように説明せい」

「マーリンにクリフの足取りを探らせていた時に出てきた小屋なんですが……その時、面白いものが出てきたんですよ」

「面白いものとな？」


「――魔王の首です」


その言葉で、サーシャは大きく目を見開いた。

「ってことで、今から魔王に会いに行きましょう」

「……何を言っておるのじゃお主は？」

サーシャは呆《ほう》けた表情を浮かべ、その場で立ち尽くしている。

まあ、無理もない。

状況を呑《の》み込めていないサーシャからすれば、これはただの突飛な話だろうから。

「魔王……？　それはお主たち四皇が四百年前に倒したアレのことか？」

「ええ」と、僕は頷き言葉を続けた。

「間違いなく、僕たちより事情通でしょう」

「ふむ……何やら根拠があるようじゃな？」

「クリフとの戦いの前、一度……魂の状態のアレと遭遇したことがあるんですよ」

実際、あの時に魔王は……アレコレと意味深なことを言っていた。


――まずは……死体となっているアレを叩《たた》き起こす。


話をすれば、色々と現状の確認が取れるだろう。

「でも、魔王じゃろ？　四百年前にお主たちは殺し合っておるのじゃぞ？」

確かにここは、サーシャの言うとおりだ。

実際、僕だってクリフとの決戦前の精神世界で、奴《やつ》と会ってなかったらそんな気にはなってない。

「前に会った感じだと、今の奴は破壊衝動に取りつかれていない可能性が非常に高いんです。それにクリフも奴と話をしているという事実もあるようですし……」

「ふーむ……確かに炎神皇《クリフ》の強化については我にも分からん部分もある。その知識の源泉が魔王であれば……色々と知っておるかもしれんが……とはいえ……」

「無論、危険は排除できません。だから、危ない橋ではあるんです」

「うーむ……」

アゴに手をやってしばし考え込んだ後、サーシャは小さく頷いた。

「あい分かった。もしもドンパチ始まっても、今のお主と我がいればどうにかなるじゃろ」

「そういうことですね」

「まあ、我ですらも……ぶっちゃけ状況が全然見えておらん。是も非もなしというところじゃ」

「方針決定ですね」

☆★☆★☆★

——二日後。

お使いをお願いしたスヴェトラーナと別れて、僕たちは寂れた村で馬車を調達した。

それで、そこからは馬を乗り継ぐ旅程となった。

人里に着いた瞬間に、乗り潰した馬を新しいものに変えてという形での強行軍。

馬っていうのは決して安くないので、購入費用も馬鹿にならない。

でも、そこはサーシャとマーリンの財布があるので一切問題ない。

まあ、マーリンの財布についてはかなりの部分が僕の遺産なんだけれども。

と、そんなこんなで、僕たちはエルフの大森林の近くまで辿《たど》り着いた。

それで、眼前百メートルほどの距離に、目的地の小屋があるわけなんだけど——。

ちなみに、このクリフの隠れ家は認識阻害系の魔法で念入りに隠蔽されている。

けれど、そこはさすがはマーリンだ。

並みの魔術なら一見したところ見過ごしそうな感じだけど、以前に一発で発見したって話だからね。

と、そこで僕とサーシャは馬車から降りる。

続いてマーリンが降りてきそうになったところで、僕は慌てて彼女を制止した。

「マーリン、君はアナスタシアたちと共にこの場で待っていてほしい」

「待機……ですか？」

「以前に会った感じだと、恐らく魔王は凶暴化はしないと思うんだ」

「ええ、そのように伺っております」

「けれど、その読みが外れて僕たちを攻撃してきた場合──」

チラリとアナスタシアたちに視線を送る。

さすがに長い付き合いだけあって、それだけでマーリンは僕の意図を察したらしい。

「防御術式をいつでも展開できるようにしておきましょう」

「そうしてもらえるなら助かるよ」

「ええ、小娘たちであれば範囲攻撃魔法を使われた場合、一撃で消し炭でしょうから」

今の僕とサーシャの二人であれば、魔王は問題なく対処できるだろう。

けれど、不意打ち気味に攻撃を食らった場合、アナスタシアたちにまで手が回るというところまでは保証できない。

でも、ここなら少しの距離がある。

そうであれば、マーリンであればキッチリと盾になってくれるはずだ。

「それじゃあ行きましょうか師匠」

僕が先導する形になって、小屋に向けて歩き始めた。

小屋は長らく使われていないようで、草がぼうぼう生えているし、壁にはミッチリとコケがついている。

それどころか、ところどころ朽ち果て腐り落ちている有様だった。

「師匠。報告通りだと、この中に魔王の首があるはずです」

「うむ。そういう話じゃったな」

「クリフが色々と知っていたのは恐らく……その情報を引き出したからでしょう」

四百年前の時点では、クリフと僕とでは知識の違いはなかったはずだ。

マーリンの報告にもこの小屋で屍霊術《しれいじゅつ》が行われた痕跡があったということだから、少なくとも魔王から知識を得たのはほぼ間違いない。

「しかし……四百年前の魔王の首じゃろ？」

「ええ、そうですね」

「死人からどうやって聞き出すのじゃ？　並みの屍霊術では話にならんぞ？」

「いや、そこは師匠は屍霊術の専門家でしょう？」

ニコリと僕はそう応じた。

すると、サーシャは大口をあんぐりと開いたんだ。

「そこは、人任せなのじゃな？」

「立ってるものは親でも使えって言葉もありますしね」

「ほう、立っているものは親でも……か」

ん？　どういうことだ？

突然サーシャが不機嫌な様子になって、何だか不満そうな顔をしているぞ。

いや、不満というよりは……。

これは納得いかないって感じの顔だけど。

「まさかとは思いますが、クリフにもできた屍霊術が、師匠にできないとか……そういうことでしょうか？」

「馬鹿にするではない。損傷と経過時間によるが……少なくとも、あの小僧にできたのであれば、我にできん道理はなかろう？」

「さすが師匠です」

と、そこでサーシャはジト目になって、アヒルのような口を作った。

さっきからずっと不満げだし、やはり何か思うところがあるらしい。

「っていうかの、お主の……？」

「え？　何でしょうか？」

「前々から思っておったのじゃが……お主……我のこと……ぜんっぜん尊敬しとらんじゃろ？　師匠の頭をハタいたり、人をアゴで使ったり……根本的に色々勘違いしとらんか？」

突然……この人は何を言い出すんだろう。

いや、まあ……。

そう言われてみると、思い当たることは無いこともないけれど。

どんどんサーシャの頬《ほお》は膨らんでいっているし……。

さて、これは面倒なことになってきたみたいだぞ。

まあ、ここはとりあえずご機嫌を取る方向でいっておこう。

「いやいや、僕は師匠の強さには本当に憧れていますから」

まあ、ここは事実で嘘《うそ》ではない。

その他の部分については、相当アレだとは思っているけどね。

「でも、あれじゃぞ？　今は、お主の方が我より間違いなく強いじゃろ？」

「まあ、確かに師匠も前にそんなこと言ってましたけど」

「つまりじゃ。力という我のアドバンテージは無くなったわけじゃ」

「……」

「その上で我はもう一度お主に聞くぞ？　お主――我のこと……ぜんっぜん尊敬しとらんじゃろ？」

サーシャの頬は膨らみすぎて、パンパンの状態になっている。

それでそのまま、プイっとそっぽを向いてしまった。

っていうかこの人……。

ひょっとせずとも、弟子に超えられたからって理由で拗《す》ねてるのか？

「いやの、実際の……ちょっと前までは我も思っておったのじゃ」

「と、おっしゃいますと？」

「多少……お主が舐《な》めた態度でも、『ぶっちゃけ我のが強いし』とか、そんなことを思っておったのじゃ」

「……なるほど」

「そりゃあまあ、我も余裕しゃくしゃくじゃったわ。広い心で色々許しておったわ。でも……今は違うじゃろっ!?」

いや、こんなのどう反応すれば良いんだよ。

何だかんだで僕がサーシャの強さに憧れたのは本当だ。

性格はかなりアレだなとは思っていたけど……。

まさか、こんなに器の小さい奴だったとは……。

「今は師のコケンもなにもない！　我のプライドは――ガタガタなのじゃっ！」

プンスカという感じで、サーシャはその場で地団駄も踏み始めた。っていうか、これは――


――めんどくせえ……


いや……。

これは真面目に心の底からめんどくさい。

これが見た目通りの女の子だったら、まだ可愛《かわい》げもある。

けど、女の子なのは見た目だけで、中身はお爺《じい》ちゃんだからね。

「いや、僕は師匠としてですね……ちゃんと師匠のことを尊敬して……」

「いいや違う！　さっきもアレじゃ、我を便利な魔道具か何かのように――都合のいいように使おうとしてたじゃろっ!?」

「待ってください！」

「待てと？　何を待てと言うのじゃ!?」

「さっきのはですね……僕にはできないことを認めた上でですね、それでも師匠は凄《すご》いから何でもできちゃうからって……だから、ここはやっぱり我らがエフタル一行のリーサルウェポンとして師匠を……」

「ほら！　言ったのじゃ！」

「え？」

「今も言ったのじゃ！　エフタル一行って言ったのじゃ！　だってそこは……ちゃんと師匠と思っておったら、普通はサーシャ一行って言うところじゃろっ！」

ああ、もう……。本当に心の底から――

――めんどくせえ……

いや、確かにエフタル一行は失言だったとは思うけども。

「と、ともかく師匠、今度……珍しいお菓子買ってあげますから、落ち着きましょう」

サーシャは涙目でキッと僕を睨みつけてくる。

そして視線を地面に落とし、ワナワナと肩を震わせ始めた。

ああ、これは完全に怒っちゃってるな……。

サーシャのご機嫌斜め対策には甘いものが一番だとは昔から知っているし、良く使っていた。

でも、この作戦も効かないとなると——。

「……ふくじゃ」

下を向いたまま、サーシャは小声で何かを呟《つぶや》いた。

「え？　何ですか師匠？」

「あんこ大福と抹茶じゃ！　東方直輸入でちゃんと保存魔法かけとるやつじゃぞ？　我をここまで怒らせた以上、それ以外は絶対に認めんからなっ！」

良し、ガッツリ餌付けは効いていたようだ。

でも……と、僕は思う。

何だかんだで僕たち師弟って、仲は良いんだろうなと。

こっちとしても話してて面白いっていうか、飽きないしね。

まあ、面倒くさいのは間違いないけど、そういうところも含めて嫌いじゃない。

「うぬ？　どうしたのじゃエフタル？　ニヤニヤしよってからに」

「何でもありませんよ、師匠」

「うむっ、それでは行こうか！」

ってことで、サーシャもニッコリ笑顔になった。これで一件落着だ。

「相手が魔王でも魔神でも、我にまかせい！　強制的に蘇《よみがえ》らせ、洗脳でも何でもして口を割らせてやるのじゃ！」

「ええ、お願いします」

まあ、洗脳まではしなくて良いけどね。

と、僕はゲンナリと溜息《ためいき》をついた。

「ふーむ……しかし、そういうことなら我も……とっておきを出そうかの」

「とっておき？」

「レベル11：反魂再生《リボーンソウル》を使おうかと思う。なんせ、師としてのコケンに関わるからの」

しばし押し黙り、僕は絶句する。

そして、少し間をおいてから僕はサーシャに言葉を投げかけた。

「えーっと……師匠？」

「む？　どうしたのじゃエフタル？」

「サラっと、僕が名前も聞いたことがないレベル11を使えるって言ってますけど……」

「うむ。伊達《だて》に長く生きておらんからな」

「本当に……僕の方が師匠より強いんですか？」

「んー……そこは得手不得手じゃろ」

「得手不得手……ですか？」

「うむ。細かい作業ならまだまだ負けんが、戦闘系では白旗をあげざるを得ん。そこは自信を持つが良い」

うーん……。

そんなこと言われても、僕の中ではサーシャは何だかんだで大怪獣みたいなところあるからね。

自身の秘術には、かなりの秘密主義だし。

と、そこで僕たちはドアの前に辿《たど》り着いた。

「行きましょうか」

小屋のノブに手をかけ、そのまま僕はドアを開いた。

そして、中にいた男を目の当たりにして絶句した。

「久しいな。強い魔力を感じたと思えば、汝《なんじ》か……雷神皇《エフタル》」

僕とサーシャは同時に固まり、臨戦態勢に入る。

そして、いつでも仕掛けることができる状態を作った上で、僕は男に声をかけた。

「どうして……お前が生きているんだ……？」

魔王は首だけの状態だと聞いていた。

けれど、今は確かにキッチリ五体満足な状態になっている。

オマケにマントやら鎧《よろい》やらも決戦の魔王城と全く同じって……。

これは、いよいよおかしい。

現在、魔王の装備はどこかの大国の宝物庫で厳重管理されているはずだ。

「成程。必然的な我の再生を見て驚く……か」

「必然って……どういうことだ？」

「これは、どうやら何故に転生者が九頭竜の核と成りえるか――その段階から説明が必要なようだな」

「九頭竜の……核？」

「然《しか》り。それともマリアが……何故にブリジットの転生体であるのかというところからの方が良いのか？」

そう言うと、テーブルの奥の椅子に座る魔王はニヤリと笑ったのだった。

サイド：マーリン

——森の中。

昼下がりの陽気の、ホロの無い馬車の荷台。

小屋に入ったエフタル様を見届けた私は、空を見上げて大きく伸びをした。

「それにしても良い天気だ」

十賢人だの九頭竜だの、自然はそんなことはお構いなしに平常運転だ。

しかし、私の隣のアナスタシアは、天気とは真逆に暗い表情で俯《うつむ》いていた。

「どうした、アナスタシア？」

「ご主人様は……今まで何でもかんでもぶっ飛ばしてきたんです」

「ああ、四百年前からあの方は何も変わらぬ。いつだって、あんな調子だ」

「でも、今回は……何だか不味《まず》そうな気がするんです」

「……」

「だって、九頭竜って……、星を滅ぼしたりする系の魔物なんですよね？　本当に大丈夫なんですか？」

「それは……」と、私はキュっと唇を固く結ぶ。

「分からん。ただ、私はエフタル様に従うのみだ」

アナスタシアとしては私に「大丈夫だ」という言葉をかけてもらいたかったのかもしれない。

が、事実分からないものは分からないのだ。

「……」

消沈した様子で、アナスタシアは黙り込む。

と、そこでシェリルがボソリと呟いた。

「……エフタルなら大丈夫。何が相手だろうとぶっ飛ばす」

「そうよマーリン様。アイツなら……どんな状況だって一発でひっくり返すのは間違いないんだからね」

迷いなくそう言い切れるシェリルとマリア。

二人を見て私は、少しだけ羨ましいな……と、そんなことを思う。

私もこのくらいの年代の頃はエフタル様に全てを丸投げし、盲信に近い状況ではあった。

が、あいにくと今はそういうトシでもない。

四百年前のあの頃を今、思い返してみると……エフタル様の戦いの数々にはギリギリの接戦もあったように思う。

――けれど、あの方は、それを決して表には出さなかった。

ただ常に余裕の表情を浮かべているだけで、私はそれに気づかなかっただけなのだ。

それは、自身を鼓舞するためか、あるいは自分についてきている人間に心配をかけさせないためか。

その真意は知らんし、分からん。

だが、少なくとも今の私に必要なことは、盲信ではなく冷静なサポートである。

そのことだけは良く分かる。

「私もエフタル様のことを信じてはいる。が、盲信と信頼は全くの別物だ。今回ばかりはお前たちも――」

そこまで言ったところで、背後に見知らぬ気配を感じた。

そして舌打ちと共に立ち上がり、猛スピードで振り返り、視線を背後に向ける。

「どうしたんですかマーリン様⁉」

特に異常が無いことを確認して、マリアに向けて溜息交じりにこう応じた。

「気のせいのようだ。どうにも感覚が敏感になっていてな」

この先には魔王がいるという話だ。

過剰に警戒するのは、特に悪いことではない。

しかし、今、一瞬……確かに何かの気配を感じたのだが……。

ウサギかリスのような小動物の類か。

と、そう結論をつけ、荷台に座ろうとしたところで、私は突如として視界に入った男に絶句する。

「……え？」

ゾクリと、心臓を鷲掴《わしづか》みにされるような感覚。

――私を相手にこの至近距離まで接近した……だと？

私のすぐ隣に立っていたのは白髪の男だった。

見た目は二十代といったところで、芸術品のような造形の美丈夫だ。

「馬鹿な……ありえん……」

と、私が固まっていると、男は一歩進み出た。

そしてマリアに向けて、その右手を差し出したのだ。

「ブリジット…迎えに来たぞ」

「え……ブリジットって……？」

「いや、この個体はマリアという名前だったかな」

固まっているのは私だけでは無い。

マリア、アナスタシア、そしてシェリル。

その全員が突然に現れたこの男に呆気《あっけ》に取られ、その表情には怯《おび》えの色も見える。

つまりは、私だけではなくこの場の全員が……男から醸し出されている強者の気配を感じ取っているのだ。


――これは、不味い。


瞬時に術式を練り上げる。

続けざま、私は男に向けて魔法を繰り出した。

「レベル７：魔炎爪《ヘルズネイル》っ！」

瞬時に拳に獄炎が纏《まと》わされていく。

これは拳に乗せて魔法撃を繰り出す技だ。

効果範囲を極限まで抑える代わり、威力に特化した魔法であり、近接戦闘においては有効な選択肢の一つとなる。

「――なっ⁉」

炎の拳が男の顔面に近づいた、その瞬間。

術式が飛散し、炎が掻《か》き消えた。

「レベル12：魔法無効《マジック・キャンセル》」

何だ……これは⁉

防御術式でもなければ、こちらの魔法術式に介入されたわけでもない。

ただ、炎は男の体に触れて、そして消失した。

そう、それは――まるで、そんなものは最初から無かったかのように。

それに、何より……こいつは今、何と言ったのだ？

「レベル……12だと？」

「顔色が悪いが、何か悪いことでもあったのかマーリンよ」

私の名前も知っている……か。

と、なると土公神皇《イタ　ー　ム》の手の者ということで間違いない。

「しかし、レベル12とは大きく出たものだな。ハッタリにしても笑えんぞ」

まあ、只者《ただもの》ではないことは間違いない。

だが、言った通りにレベル12はいくらなんでも非常識に過ぎるし、にわかには信じがたい。

「なるほど、ならば……まずは戦力差を理解させる必要がありそうだ」

「時に、貴様……何者だ？」

「我が名はバルタザール」

なるほど。

こいつは土公神皇《イタームム》の手の者ではなく……今回の黒幕そのものか。

と、そこで男はクイっと離れた位置を指さした。

「バルタザール……場所を変えようということで良いのか？」

「こちらとしても、マリアを傷つけるわけにはいかないものでな」

互いに浮遊魔法を行使する。

ふわりと跳躍し、私とバルタザールは少し離れた位置へ向けて浮かび上がった。

とはいえ、相手はたった一人。

ここで馬鹿正直に、一対一での戦いに付き合う必要もない。


──まずはエフタル様に異変を伝えるのが先決。

そして、サーシャ様も含めて三人で対処すれば、倒せないということはないだろう。
と、私は魔法を行使しようとしたのだが──ダメだった。
この周囲、半径五十メートル程度に空間断絶系の結界が張られているようだ。
この調子だと、たとえ爆裂魔法で周囲一帯を破壊したとしても、音や地響きもあちら側
──エフタル様に伝わることはないだろう。
そして、トンっと地面に着地。

十メートルほど距離を置いて、バルタザールと向かい合う。

ともかく……。

レベル12はさすがにブラフにしても、この男は危険だ。

長年、戦闘に身を置いた私の勘が、確かにそう言っている。

ならば、どうするか。

「レベル８：雷神撃《トールハンマー》っ！」

最大戦力で一気に決めるしか、手はない。

続けて、雷神撃《トールハンマー》を三つ同時展開。

四肢に雷気を纏い、私はあらん限りの大声で叫んだ。

「同時に各方向から迫りくるレベル８の紫電の四撃っ！　簡単に見切れるものではないっ！」

「なるほど。弱体後の魔術師にしては及第点だ……褒めてやろう。だがしかし、マーリンよ、お前は気づいているのか？」

「気づいているかだと……何をだ？」

問いかけると、男は空を指さしクスリと笑った。

「上だよ」

戦闘中に敵から視線を切るほどに私は愚かではない。

完全に視線を移さずに、警戒しながらチラリと空の様子を窺《うかが》ってみる。

「な…………っ⁉」

空には十程度の数の、巨大な魔法陣が描かれていた。

魔法陣に浮かび上がっている術式から察するに、これは……レベル10？

いや……よりにもよってこれは――

「そうだマーリン。レベル10：雷神皇《エフタル》とレベル10：炎神皇《クリフ》だ」

「……馬鹿な……そんな馬鹿なっ！」

ヘナヘナと私は崩れ落ち、その場で膝をついてしまった。

掌《てのひら》どころか……四肢のどこも経由せずに、レベル10魔法を扱うだと？

それも地雷のように、空間そのものに魔法術式を固定した……だと？

「そんな技術は見たことも聞いたことも……無い」

「だが、事実としてここに存在しているわけだな――認めることだ、力の差を」

「……くっ」

「まあ、見ての通りに術式を都合十か所の空間に固定してある。もちろん照準はお前で、私が指を鳴らせば発動するわけだ」

これは、完全に役者が違う。

一枚上手どころか……次元が違うと認めざるを得ない。

「こちらもレベル10の魔法に巻き込み、マリアを殺すつもりはないのだ。投降をオススメしておこう」

「……」

「どうしてもというのであれば、この場でお前だけを処分することはやぶさかではないが
……どうするね？」

「……まさか……本当に……貴様はレベル12の領域に到達した魔術師だというのか？」

「──十賢人の時代から生きる大魔術師。土公神皇《イタームム》からお前たちに、そう紹介させたはずだ」

これが……バルタザール。


──十賢人の時代から生きる者。


そこで、更に私は絶句することになる。

と、いうのもバルタザールの隣、そこにはいつの間にか土公神皇《イタームム》までもが立っていたからだ。

それも勿論《もちろん》、バルタザールの出現と同じく──


──私に一切何も気取らせることなく。

ただ、突然に……気が付けば現れていた。

これがどれほど非常識なことかは、アナスタシアたちの魔法座学のレベルで分かるというものだ。

遠距離空間転移《ロング・テレポート》にしても、出現座標に魔力の乱れは起きる。

故に、そのタイムラグで、なにがしかの対策は打てる。

しかし、こいつらの空間転移《テレポート》には何の乱れもない。

それはつまりは、いつでも私の背後に忍び寄り、魔法すら使わずにナイフで首を掻《か》き切れるということを意味する。

「何なのだお前たちは？　よくぞ戦場に生きる者としての……私のプライドを次々に踏みにじってくれるものだな！」

いよいよ本格的に……状況は不味《まず》いようだ。

少なくとも、私とバルタザールには子供と大人以上の力量差があるように見える。

現状、これをどうこうすることは現実的ではない。いや、それどころか今回ばかりは――

――エフタル様でも危うい。

そう考えると、背中に嫌な汗がとめどなく流れてきた。

「戦力差は理解しただろう？　投降の意思を示せば殺しはしない」

だが……。

それでも、戦う力を持つ私には、この三人の子供たちを守る義務がある。

それに、エフタル様はすぐそこにいるのだ。

ならば、この命に代えてでも、時間を稼げば――


――いや、違う。


と、そこで私は首を左右に振った。

戦う力を持つという、その前提が間違っている。

今、私はバルタザールに対して戦うことのできる力など、何一つ持ち合わせてはいない。

間違いなくこの男にとっては……私もアナスタシアたちも、等しく力なき者に過ぎないのだ。

このまま抵抗したとして、それこそ羽虫を払うように一蹴され、何もできぬままに殺されるだろう。

ならば、この場で無駄死には……取るべき行動ではない。

仮に命を散らせるにしても、その時は今ではない。

そう判断し、私は四肢に纏う雷撃の術式を解除した。

「……やむをえないな。降参だ」

「賢明な判断だな。ならば少しの間眠っていてもらおうか」

バルタザールがパチリと指を鳴らす。

アナスタシアが荷台の床に崩れ落ちる音が聞こえてきた。

続けてマリア、そしてシェリルの崩れ落ちる音。

そして――ほどなくして、私の意識も暗転した。

☆★☆★☆★

目覚めると、そこは薄暗い室内だった。

薄く目を開き、微《かす》かに首を動かし、周囲の様子を窺った。

――牢屋《ろうや》……か。

差し迫った危険も無さそうだ。

起き上がり、自身の状態を確認する。

怪我《けが》はない。

衣類に乱れもない。

どうやら傷つけられたわけでも、体を汚されたわけでもなさそうだが……手首には木製の枷《かせ》が取り付けられている。

部屋は個室のようだな。

見る限り、牢の鉄格子は頑丈なものを使用しているようだ。

それに――アナスタシアやマリア、そしてシェリルが見えず、その気配も近くにない。

索敵魔法を行使しようとするが、発動しない。

手枷には魔法阻害の効果があるらしい。


――八方ふさがりか。


軽く溜息《ためいき》をついて、私は四隅にカビの生えた天井を見上げた。

「申し訳ありませんエフタル様」

誰に聞かせるわけもなく、力なくそう呟《つぶや》いたのだった。

サイド：マリア

魔術学会本部。

バルタザールの話によると、私は今そこの一室にいるらしい。

地理的な話で言うと……確か、魔術学会本部は魔法学院都市の真ん中にあったはず。

ちなみに、魔法学院都市とは言っても、私たちの年代の通うような学院があるわけではない。

この都市は、各種の魔法大学院や研究機関が立ち並ぶ都市だ。

魔術の総本山とも言われていて、全ての魔術師にとっては憧れの街でもある。

この都市は選ばれた者しか立ち入りはできないわけで、本来であれば私なんかが入れるような場所ではない。

もちろん、私の人生のサクセスストーリーの中には、この街に数年は滞在するってのがあったんだけど——

——まさか、こんな形で訪れることになるとはね。

と、そんなことを思っている私は今、鏡の前に下着で立ってるわけだ。

で、状況としては侍女さんたちが私の周囲を囲んでいるという、何だかおかしなことになっている。

それで、つまりは侍女さんたちは、私に丁重にドレスアップやらお化粧やら、ヘアメイクやらをしてくれているわけなんだけど……。

と、そこで着付けも終わったようなので、無表情な侍女さんたちに向けて、私はペコリと軽く頭を下げた。

「何のつもりかは分からないけど、一応お礼は言っておくわね。綺麗《きれい》な着付けよ、ありがとう」

「……」

やはり、喋《しゃべ》りかけても無言だった。

この人たちは瞳に色もないし、表情にも一切の感情が見られない。

洗脳された人間か……あるいは、この人たちはホムンクルスなどの魔造生物なのだろうか？

事実、最初に「お召し物を替えますので、脱いでください」と言った時しか、この人たちは口を開いてないしね。

そしてほどなくして、用事が終わった侍女さんたちは部屋から退室していった。

「でも、これって一体どういうこと？」

無駄に豪華な客間のベッドに腰を下ろし、私は小首を傾《かし》げる。

マーリン様たちは牢屋に入れられたと、バルタザールから聞いている。

だけど、私だけが妙に扱いが良いんだよね。

お姫様みたいなドレスを着せられてるし……テーブルに置いてるお菓子とかも、すっごい上等なもんだって見ただけで分かる。

水差しに入ってるのは、水じゃなくて果実から絞ったジュースだし。

ベッド以外の部屋の内装も凄《すご》い。

つまりは、完全に王侯貴族を迎えるような感じになってるってワケだ。

まあ、扱いが良いというのも、ドアや窓には結界が張ってて外に出られないということだけを除けば……だけどね。

と、そこでコンコンとノックの音がした。

こちらが無言でいると、キッチリ二十秒後にバルタザールが部屋に入ってきたんだ。

すぐに入ってこないって……これは本当に気を使われているみたいね。

と、私は困惑と共にバルタザールにこう尋ねた。

「マーリン様やアナスタシアたちは？」

「先ほど言ったように牢だ。まあ、殺しはせんよ。生存以外については保証はせんが」

「保証しないって……どういうことよ？」

「あくまでもお前たちは捕虜の身だ。立場をはきちがえてもらっても困る」

キュっと唇を結び、私はバルタザールを睨《にら》みつけた。

「……こんなことをして、エフタルが黙ってるとでも思うの？」

私の問いかけに、フンとバルタザールは鼻を鳴らした。

「雷神皇《エフタル》の戦力分析は既に終了した。我ながら過剰なほどに慎重に動いたとは思うが……あれでは障害たりえない。故に何ら問題はない」

「……」

実際、私もコイツのレベル10の魔法陣群は目の当たりにしている。

マーリン様も驚いていたけれど、あの同時空中展開は……とても人間業とは思えないシロモノだった。

それでも、エフタルならコイツをぶっ飛ばせるとは思うけどね。

「ねえ、どうして私だけが特別扱いなの？」

「そのままの意味で、お前は特別な存在だからだ」

「私が……特別？」

「ともかく、これで手駒は揃《そろ》った。これで――ようやく計画を完遂できる」

計画って何のコト？

と、そこで、今度はドアから土公神皇《イタルーム》が入ってきた。

「……お時間です」

土公神皇《イタームム》も、さっきの侍女さんたちのように目の色がない。

と、なるとやっぱり……。

そういうことなのかなと思いつつも、土公神皇《イタームム》に声をかけてみる。

「あの……貴方《あなた》は……エフタルの昔の仲間なんですよね？」

「……」

「話しかけても無駄だ。コレは私の操り人形なのだからな」

……やっぱりか。

そうすると、さっきの侍女さんたちも洗脳か何かをされているってことだろう。

「でも、どういうこと？　この前……島で会った時は普通だったけど。土公神皇《イタームム》はこんな死んだ魚みたいな目はしてなかったわよ？」

「単純に、操作が面倒ということだ」

「……操作？」

「会話可能な状態にするには直接操作しなければならんし、喋るたびに土公神皇《イタームム》の脳から必要な記憶を確認しなければならんしな」

と、そこでバルタザールは私に近寄ってきて、手を伸ばしてきた。

「何のつもり？　私の体に興味でもあるってワケ？」

「お前の体は必要だ。だからこそ攫《さら》ったわけだからな」

「……なっ⁉」

今、私はベッドに座っているわけだ。

このまま押し倒されたとして……抗《あらが》う術《すべ》はない。

涙目になって泣き叫びそうになったところで、バルタザールは「やれやれだ」と肩をすくめた。

「勘違いするな。とうの昔に……性欲などとは無縁の存在になっている」

そしてバルタザールは私の右手を握ってきた。

立つように促されると、そのままバルタザールは手を引きながらゆっくりとドアへと歩き始めたんだ。

「さあ、行こうかマリア――今日は祝宴だ」

☆★☆★☆★

連れていかれた部屋。

そこはパーティー会場だった。

会場を埋めている人員は、百名ほどだろうか？

その人員の全てが正装に身を包んでいて、給仕の類はいない。

立食形式で、内装や出されている料理なんかは……島で土公神皇《イタームー》が開いたパーティーと大差ない感じね。

ともかく、私がドレスを着せられていたのはここに連れてくるためってことだったみたい。

しかし、魔術学会本部内でこれほどの会場を用意するって……。

まあ、土公神皇《イタームー》は、魔術学会の重鎮ということだ。

察するに、これは魔術学会本部を起点として、バルタザールが拡大させた勢力の集会ってことなんだろう。

——でも、何でこんなところに連れてこられているんだろうか？

バルタザール自身は一旦退出していたが、私の横にはボディーガードなのか、あるいは逃がさないための監視役なのか土公神皇《イタームー》も立っているし……。

しかし……人質にしろ何にしろ、何で私の扱いはこんなに超ＶＩＰなんだろうか。

操り人形としても、土公神皇《イタール》はバルタザールの手駒の中では最上位だろうし。

ともかく、私はただただそんな感じで困惑するしかないという状況だ。

と、そこで、会場前方の壇上にワイングラスを持ったバルタザールとブリジットちゃんが現れた。

すると、ザワついていた面々が水を打ったように静まり返っていったんだ。

「さて……。諸君の尽力のおかげで、当初の目的である大気中の魔素濃度の低下を確認した。全ては諸君とブリジットのおかげだ」

その言葉で会場全体を、割れんばかりに大きな拍手が包み込んだ。

まあ、これについては聞いているとおりの感じだよね。

っていうか……これは良くない。

だって、ブリジットちゃんも土公神皇《イタール》みたいな目になってるんだもの。

「火急の危機は去った。これで我々には力だけが残ることになったわけだ。我が秘術により実現可能となった人魔融合の力――今後は世界のためではなく、我々のために振るうことになる」

人魔融合？

それって魔導五帝とか名乗る連中が使ってた力よね。

「弱肉強食は自然の摂理。四百年前から弱体化した人類が相手であれば、我々の力で大陸全土を制圧することも容易《たやす》いだろう」

何か急に話がキナ臭くなってきた。

さっき言ってたバルタザールの計画って……世界制覇とかそういうノリってことなの？

でも、それが目的だとすると、あまりにも俗物的というか……。

「今宵《こよい》は計画遂行の区切りの時だ。ひとまずは九頭竜の脅威が去ったことを心から祝おうではないか！」

そして、バルタザールはワイングラスを片手で高く掲げて宣言した。

「それでは乾杯っ！」

一同も「乾杯」と、ワイングラスを高く掲げて応じたその時、会場内のそこかしこで人間の頭部が――


――爆裂四散した。


飛び散る脳漿《のうしょう》。

舞い散る血液。

至る所に血の赤い華が咲き乱れる。

ボトボトと肉片が飛び散り、少し遅れてドサリドサリと、悲鳴もなく人間がただただ倒れていく。

そして、それは私の隣に立っていた土公神皇《イターム》も例外ではない。

「あ、あ……きゃあああああああっ！」

頬《ほお》に、土公神皇《イターム》の頭から舞い散った温かい血を感じる。

「さすがは土公神皇《イターム》。他の連中は一瞬で絶命したというのに……しぶとさも筋金入りだな」

今、シンと静まり返った会場内で……動いているのは土公神皇《イターム》ただ一人。

土公神皇《イターム》だけは、頭部を失いつつもビクンビクンと手足を痙攣《けいれん》させている。

そうして、バルタザールは指先をパチリと鳴らした。

すると、今度は土公神皇《イターム》の体が、瞬時に蒼《あお》い炎に包まれたんだ。

「ちょ……っ！　あ、アンタ……何やってんの!?」

「計画を遂行しているだけだ」

何のことはないとでも言う風に、バルタザールは涼しげな表情を浮かべている。

そして、私は今にも食い掛からんばかりに大声で叫んだ。

「こいつらはアンタの手下なんじゃないのっ!?」

「目的は既に達したのでな」

「達したって……何を!?　これからアンタたちは何かをするつもりだったんじゃないのっ!?」

「百体の人魔融合。その頭数を揃えることそのものが目的だったのだ」

「バルタザール、アンタ……何を考えているの？」

私の問いかけにはバルタザールは答えない。

そして、バルタザールは横に立っていたブリジットちゃんの細い首に手を伸ばしたんだ。

そのままバルタザールはブリジットちゃんの首を両手で絞めるように持って――

「ほんと、何してんのよアンタっ！」

私が駆け出すと同時に「ポキリ」と……嫌な音が鳴った。

そして、そのままドサリと、ブリジットちゃんが床に崩れ落ちる音が鳴り響いた。

「アンタ……」

頭から、昇っていた血が引いていくのが分かる。

あまりの事態に、私はフラリとその場で倒れそうになった。

何なのコレ？

今、この場で何が起きているかサッパリ分からないし、何で次々と人が死んでいってるかなんて、理解すらもしたくない。

「……何で……殺したの？」

「ブリジットが、自らの魂の器に溜《た》めこんだ魔素を、大気に解放するのに必要な手順だからな」

言葉と同時、ブリジットちゃんの体表から黒い粒子が溢《あふ》れだした。

そして、猛烈な速度で室内に暗闇が広がっていく。

魔素の解放？

こいつ等《ら》や……エフタルは大気中の魔素を固定化させるために魔物を倒したんだよね？

それで、ブリジットちゃんに吸収させてたわけだよね？

それは九頭竜の出現を妨げるためで……いや、そもそも……。

「転生者の魂は元の星に戻るから、死んでも魔素は大気に流れないんじゃないの？　それに……そんなことをすれば九頭竜が……」

「そう、九頭竜が出現する。こちらとしてはお前には現状を理解した上で協力願いたい。先ほど、お前は何故に自分だけが特別扱いなのかと私に問いかけたな？　それに、いましがた――転生者の魂は元の星に戻るのではないかと」

「……」

「答えは非常に単純だ。お前は……ブリジットの半身だからだよ。故に、不純物は大気に戻り、ブリジットの魂は……お前というあるべき器に戻る」

「私がブリジットちゃんの……半身？」

壇上のバルタザールの姿が消失する。

そして、空間転移《テレポート》で私の眼前に現れたバルタザールは、右手で頭を鷲掴《わしづか》みにしてきた。

「一々説明するのも面倒だ。私の記憶の一部を見せてやろう……」

サイド：マーリン

「申し訳ありませんエフタル様」

誰に聞かせるわけもなく、私は力なく呟《つぶや》いたのだった。

「とはいえ、このまま諦めるのも芸がないな」

最優先事項はアナスタシアとシェリルの保護といったところか。

——何故《なぜ》かは知らんが、連中の標的はマリアだ。

このまま私の独力でマリアの確保に向かったとして……奪還の実現可能性という意味では、現実味がないだろう。

なにせ、バルタザールはレベル12の魔法を操る。

その上、異次元の術式構築技能を有し、レベル10を同時多発に使用可能ということらしいからな。

「九頭竜といい、バルタザールといい……古代魔法文明とやらは規格外だらけだな」

だが、こちらにもエフタル様とサーシャ様という規格外が存在する。

それと……あまり認めたくはないが、スヴェトラーナもあの二人に匹敵する領域にいるだろう。

厳密に言うと、スヴェトラーナと私の魔術技量はそれほど変わらん。

が、アレは龍化という、反則染みたトンデモな能力を持っているからな。

とはいえ、正直なところ、真正面からぶつかってはあの三人でも……どうにかなるとは思えない。

けれど、四百年前からエフタル様は、絶望的な状況をいつでもひっくり返してきた。

無茶《むちゃ》を通して道理を引っ込めるという生き様を地で行くあの方であれば……必ず何とかしてくれる。


——ならば、私は私にできることを一つずつやるだけだ。


まずはアナスタシアとシェリルを確保する。

そうすれば、少なくとも人質として使われる可能性は排除されるだろう。

と、方針を決めたその時、牢屋《ろうや》の外から男が私に語りかけてきた。

「へへ、魔族の英雄がざまあねえな」

四十代の小太りの男だった。

無精ヒゲが不潔で、髪も長らく切っていない様子で、やはり清潔感は無い。

「……貴様がここの看守ということで良いのかな？」

「ああ、そう思ってくれて構わないぜ」

「しかし――魔術学会本部で堂々と監禁とはな。土公神皇《イタームム》派は良いとして、他の学会重鎮が黙ってはおるまい？」

男は下卑た笑みを浮かべる。

そして、嬉《うれ》しそうにこう答えてきた。

「ここは土公神皇《イタームム》様の専用フロアーだ。身内以外は、この部屋の使い道は知らないってなもんよ」

「……なるほどな」

「しかし、本当に良い体してやがる」

舌なめずりする姿が、たまらなく不快だ。

男から向けられる邪《よこしま》な視線は、隠す気もなく私の胸に向けられている。

「……一つ尋ねたい。看守は貴様一人か？」

「いや、俺たちは仕事をやる時は二人一組だ。他に向こうでガキどもを見てるのが二人いて、合計で四人だな」

言葉を聞いて、私は片眉を吊《つ》り上げる。

「……二人一組なのに、何故に貴様は一人でここに来た？」

「だから言っただろ、本当に良い体してやがるってな」

　そう言うと男は懐から牢屋の鍵を取り出し、続けて扉の開く音。

　そして、ベルトをガチャガチャとやりながら私に向けて歩いてきた。

「……何をするつもりだ？」

　聞くまでも無いことではある。

　が、万一という可能性も考え一応は聞いておこう。

「今、お前は魔法封印の手枷《てかせ》もつけられている。つまり、無抵抗に好き放題にできる体がここにあるんだぜ？」

「どのような組織にでもゲスがいるものだな」

「そのゲスに好き勝手やられる気分はどんなもんだい？　こんな体を前にして我慢できるわけもねーだろ」

「しかし……一人で来たということは、これは仲間内でも禁忌……あるいはそれに近い行為ということだろう？　ここで私が叫んで誰かを呼べばどうなるのだ？」

　問いかけに、男は満面の笑みを浮かべる。

「別にそこまで不味《まず》いってわけでもねえさ。ただ、バルタザール様が下品を嫌うというだけでな」

「下品を嫌う……か」

婦女子を攫《さら》うなど、その時点でゲスの極みと断じざるを得ない。

と、そこで私は失笑してしまった。

「必要であれば痛めつけても良いと言われてるし……ま、犯《や》っちまったとしても『仕方ねえ奴《やつ》だな』くらいで終わる程度の話だよ」

「なるほど、大体の事情は把握したよ」

「しかし、瞬連《しゅんれん》のマーリンを好きにできるなんて……俺は本当にツイてるぜ」

男の言葉に私は小さく頷《うなず》いた。

「確かに、この手枷《てかせ》は優秀な魔道具だ。私ですら魔力の流れを完封され、全く魔法が行使できん。手も足も出ないとは……まさにこのことだな」

「そりゃあお前、これは四百年前から使われていたものだ。なんせ、当時の強者を縛るための特別製だからな、お前の師匠の雷神皇《エフタル》でも……どうにもならねえだろうよ」

「……」

そうして男はナイフを取り出し、私の胸元に突き付けた。

「へへへ……」

ゴクリと男が唾を飲む音。

男が服を切り裂き、胸元の白肌があらわになった。

「ああ、本当に良い体してやがる……」

「――時に看守よ？」

「あ？　何だ？」

「手枷については、今しがた攻略してしまったのだがな？」

ニコリと笑ってそう言うと、男は驚愕《きょうがく》の表情を浮かべる。

「――なっ⁉」

と同時、手枷が外れ、コトリと音を鳴らして床に転がる。

そして繰り出されるアッパーカット。

身体能力強化は使用していない。

が、全力で放った打撃が男のアゴを掠《かす》めたのは事実だ。

パキュリと骨を砕いた音が鳴る。

続けて、脳震盪《のうしんとう》を起こした男の膝が、必然的にカクンと折れる。

「馬鹿……な……？」

ドサリと膝をつく男に向けて、私はフンと鼻を鳴らした。

「あいにくとエフタル様は昔から暴れん坊だったからな。この手の縄抜けの手ほどきは
……嫌というほど受けている」

「し、しかし……どうやって？」

「アナスタシア辺りなら、こう言うのだろうな。『乙女の下着の中には針金くらいは当たり前に入ってるんですよ』と……」

まあ、使ったのは針金だけではない。

魔術的な知識もなければ、この手枷はどうにもならん。

ともかく――。

あの娘に倣い、最近では色々と準備は周到にしていたが、それが活《い》きた形にはなっている。

「と、まあそういう事情だ」

そのまま私は男の背後に回り、背中に蹴りを入れた。

「グギャっ！」

「立て」

男が立ち上がったところで、今度は尻に蹴りをもう一発。

「グゥ……っ！」

「汚い悲鳴だな」

そう言って、男のナイフを拾い首筋にあてがう。

「こ、こ、殺すな！　殺さないでくれ！」

「アナスタシアとシェリルのところに案内しろ」

「分かった！　分かったから！」

そのまま牢の外に向けて歩いていく。

廊下には人はおらず、見える範囲の牢にも誰も入ってはいない。

とりあえず、これでアナスタシアたちとは合流できそうだ。

その後は……どうするべきか。

まずはマリアの状況の確認が先決だ。

もしもバルタザールや土公神皇《イタームム》の邪魔が入ってこない状況なら、そのまま確保して魔術学会本部から離脱する。

そうでなければ、アナスタシアたちだけを連れて、一旦ここを脱出。

その後、エフタル様と合流し、状況を伝えて次善の策を練るといったところか。

そして廊下を歩き始めたところで、私は立ちくらみに近い症状に襲われた。

「……む？」

「どうしたんだ？」

「……」

返事の代わりに、男の背中に肘鉄を食らわせる。

「アギャ……っ！」

しかし……これは不味い。

視界がどんどん暗くなってきて、足元もフラついてきている。

突然の異変、これは一体どういうことだ？

――どこかのタイミングで毒でも盛られていたのか？

ともかく、この状況が男に知られると……不味い。

けれど、手足はどんどん言うことをきかなくなってきている。それどころか、これはいかん――意識が遠のいてきた。

ここで意識を失ってしまえば、今度こそこの男に好きなように……いや、それ以前に殺されるという可能性の方が高い。

解毒魔法を行使しているが、全く効果も無い。

グワングワンと頭が揺れる。

意識もぼやけ、視界がどんどん狭くなってくる。

そして頭も回らなく……目の前がどんどん真っ暗になって――

「……なっ!?」

気づけば、私は真っ白な空間に佇《たたず》んでいた。

瞬時に、思考も視界もクリアーなものになる。

何だ……コレは？　何が起きている？

いや、ここは……ここは見覚えがあるぞ。そうだ、ここは……転生の間。

「炎神皇《クリフ》の時以来だな。どういう趣向だ、女神よ？」

目の前に現れた転生の女神に問いかけると、彼女は淡い微笑を私に向けたのだった。

マリアの見た夢　～回想：バルタザール～

月夜の晩――。

四千メートルを超える巨大ビルディング。

雲をも見下ろす高さの屋上で、私はその日とんでもない光景を見ることになった。

と、いうのも私が付き人をしていた十賢人の一人、スカサハ様がこんなことを言い出したのだ。

「バルタザールさん。美しい月夜に興が乗りましたよ」

見た目は二十代半ば。

切れ長の一重の美しい男だ。

言われなければ、この優しげな表情の男が、全能の神と定義される十賢人とは誰も思わないだろう。

「ほう、興が乗られたとは……どういうことでございましょうか？」

私の問いかけに、嬉《うれ》しそうにスカサハ様はポンと掌《てのひら》を叩《たた》いた。

「今日は一つ、我々十賢人の魔術を披露しようと思います」

「十賢人様の秘術をお見せいただくなど……」

と、私はその場で膝をついて頭を下げた。

「誠に恐れ多く、恐悦至極でございます」

「たかが余興です。恐れ入る必要はありません」

と、スカサハ様は軽く笑う。

そして、空を見上げて月を指さした。

「バルタザールさん、貴方《あなた》は遠近法をご存じですか？」

「遠いものを小さく描き、近いものを大きく描くという……その遠近法でございますか？」

「ええ、そのとおりです」

スカサハ様は、月の方角に左掌を突き出した。

次に、何かをつまむような仕草を見せたのだ。

「何をなさっているのでしょうか？」

怪訝《けげん》にそう尋ねる私に、スカサハ様は小さく頷いた。

「大きな月も、ここから見れば小さく見えるものです」

「ええ、そう見えますね」

「距離感を無視すれば、指先で月すらもつまめそうに思える……これは分かりますね？」

「はい、それはまあ……。それが何か？」

私もスカサハ様に倣って、月に手を伸ばしてつまむ仕草をしてみた。

まあ、確かに言っていることは分かる。

実際に、遠近感を無視さえすればつまめそうな感じではあるのだから。

「いやね、興が乗ったので――ちょっと月を破壊しようかと思いまして」

「……は？」

この御方《おかた》は何を言っているのだろうか。

と、訝《いぶか》しんでいる私は、数瞬後に驚愕に包まれることになる。

「そうですね、ここから見ると月は――マスカットの果実といった程度の大きさでしょうか」

スカサハ様は今度は月に向けて広げた右掌を掲げ、そして――握りこんだ。

「月が……消えた？」

「ええ、破壊しました。なあに、遠近という自然の法則に干渉しただけですよ」

「……」

本当に、何を言ってるのだこの御方は……？

月を……破壊した？

それも、ただの余興で？

ただ、手を握りこんだだけで？

ゾワゾワと、私の背中に嫌な汗が走り、全身の肌が粟立《あわだ》つ。

襲い掛かってくるのは、耐えがたいほどの動悸《どうき》と息切れだった。

あまりの事態に、その場で立っていられなくなりそうなほどに脈が乱れているのが自分でも分かる。

「何を驚いているのです？　ちょっと魔法を使えば、貴方にも小石を握りつぶす程度の芸当はできるでしょう？」

スカサハ様はニコニコと笑いながらそう言った。

それに対し、私はただただその場で立ちすくむことしかできない。

「……」

「ご安心くださいな。月の破片が地表に降り注ぐことはありません。この星の大気圏全域に結界を張りましたので」

「……」

「ふふ、貴方たち現地人は、ちょっとしたことで滅亡してしまうので本当に困りものですね」

その笑みに向けて、私は振り絞るように声を出した。

「……これはお気遣い……ありがとうございます」

「礼には及びません。こちらも滅亡されても困りますしね」

「しかし……お戯れで月などを破壊されると……自然環境などに影響が……」

「ああ、そのことですか」

両掌を合わせ、やはりニコニコとした笑顔でスカサハ様は言葉を続けた。

「もう、我々はこの星も去りますからね。後のことなんて知ったこっちゃありませんよ」

あっけらかんとそう言うスカサハ様に、私は黙ってただ頷いた。

その理由は……不興を買って、指を鳴らしただけで肉片となった、他の付き人の顔が脳裏に浮かんでいるからだ。

「ところでですねバルタザールさん。貴方にだけはお話ししようとしていることがあったのですが、聞いてもらえますか？」

「は、はい……何でございましょうか？」

「この星の魔素は既に枯渇しています。それは、私たちの研究に適切な環境ではなくなったと言えるレベルにね」

「それは兼ねてからお伺いしております。十賢人様におかれましては、他の星に移られる予定で……」

スカサハ様は私の肩をポンと叩いた。

「そこで貴方にお願いがあるのです」

「……お願い？」

「我々という絶対的な存在がいなくなった場合、ほぼ１００％の確率で残った人間は頂点の座を争って同士討ちを始めます。世界の覇権とやらにどれほどの価値があるのかは理解しがたいのですが――まあ、これまでの統計上、文明維持不可能な程度の破壊が起こって……ここは我々の既定路線となっています」

「と、おっしゃると？」

「現地の猿に文明を与えて、その結果どうなるか……これを見届けることも我々の研究の一環なのです」

現在、魔法と科学の両輪で栄華を極めている魔法文明。

かつて十賢人がこの地に降り立った頃、人間たちは石器や土器を扱っていたとのことだ。

それから十賢人が人間に知恵を与え、今の水準までに文明が発達したのはたった数百年の出来事だったという。

「現在、星の魔素を回復させるため、転生のシステムを構築している最中なのはご存じですよね？」

「はい。私の手の者が、滞りなく指示通りに動いております」

「それで……少し先の話で申し訳ないんですが、文明が崩壊した後、魔素が回復した時の話なんですけどね」

それは数千年、あるいは数万年――。

はたまた、数十万年先の話だろうか？

この方々の時間の物差しというのは、我々とは全く異なるものだ。

『少し先の話』と言われても……はたして、どう反応して良いものか。

「それで……どのようなことなのでしょうか？」

「ハッキリ言って邪魔なんですよね。大体の場合において、魔素が回復する頃には現地人が繁殖して、中途半端に魔法文明を築いちゃってるんですが……」

やれやれだとばかりに、スカサハ様は肩をすくめる。

「現地人の観察記録は——それはあくまでも、未開の猿と我々との微笑ましい交流の記録なんですよね」

「……」

「中途半端に発展しているところから我々が介入すると……ちょっと趣旨からズレちゃうんです」

「……」

「なので、少し先——大気に魔素が満ちた時に、現地人の掃除を貴方にお任せしたいのですよ」

さっきから、気になっていることが一つある。

スカサハ様は人類の虐殺の話をしているというのに、その語り口調はいつもと何も変わらないということだ。

普段からこの方は常にこの調子でニコニコとしているのだが……。

と、そこで私はゴクリと唾を呑《の》んだ。

我々も実験室のマウスの今後の処遇を語る時、何らかの感情を口調に混ぜたりはしない。

恐らくは……いや、間違いなく、スカサハ様がいつもと変わらないのは、それと同じ理由だろう。

「もちろんバルタザールさんには見返りを用意します」

そうしてスカサハ様がパチリと指を鳴らした瞬間、私の頭に激痛が走った。

続けて、視界がホワイトアウトし、脳内に光の奔流が溢《あふ》れてくる。

「これは……？」

光と共に走馬灯のように流れてきたのは……。

これは……膨大な……魔法の知識……なのか？

「レベル12までの魔法知識と、九頭竜とシステム周辺の仕様です。他にも自身の時を止め、正気を保ったまま数百万年の生存が可能な秘術も授けています」

「レベル……12？」

「ええ。滞りなく仕事が終われば、今度は生活周りの付き人ではなく、助手としてもう少し高度なことも教えてあげないこともありません」

今、私の体に起きたこと。

それが、どういう理屈によるものなのかは分からない。

レベル12の魔法や、あるいは九頭竜のことなど見聞きしたこともない。

しかし、当然のように私の頭の中に……それがあるのだ。

「なるほど……」

九頭竜とは、つまりは……十賢人の作り出した生物兵器の筆頭個体だ。

現在、九頭竜や生物兵器はアカシックレコードに情報が登録されている。

アカシックレコードとは、星そのものを情報端末として種々の情報を保管する……十賢人の情報の保管庫のようなものだ。

そこから情報を取り出し、転生者を媒体として、九頭竜をこの世界に召喚させる。

それがつまりは、私の与えられた仕事ということのようだ。

「ええ、転生者の持つ莫大《ばくだい》な魂の力を核に、九頭竜の肉体構築をしてくださいな」

「それは滞りなく」

「ええ、我々を出迎える前に、全てを掃除して綺麗《きれい》にしておいてくださいね」

しかし、一つ気になることがある。

先ほど、脳内に植え付けられた情報の中に……今後、この星で生まれ出る人間の強者のデータ化と保存を行うというものがあったのだ。

「何故《なぜ》、アカシックレコードに、この星の強者を登録していく予定なのですか？」

「それが我々が、知恵を与えた現地人を観察する理由なのです」

「……？」

「我々の目的は真理の探究による自己強化。人類の進化の過程には、強者へと至る道のヒントがあるはずなのです。故に、データ化した上で集約的に研究する……まあ、そういうことですね」

と、そこでスカサハ様は私の肩をポンと叩《たた》いてきた。

「それじゃあお任せしますよ」

「……お任せください」

それから――。

スカサハ様の予言通り、十賢人が去った後、人類は自らの手によって大破壊を引き起こした。

元々は与えられただけの文明……大量魔導破壊兵器含む、過ぎたる力を扱うには、あまりにも人類は未成熟に過ぎた。

文明は崩壊し、人間は石器を使う洞窟暮らしへと逆戻りし、それから気の遠くなるような年月が経過した。

そして、私はただ一人過ごすうち、我が身に宿った小さな渇望が――日に日に大きくなっていると気づくことになる。

──それは、つまり力への渇望。

あの日、手を握るだけで月を破壊したスカサハ様。

その圧倒的な光景が心に焼き付き離れず、ただただ私は力に焦がれるようになった。

レベル12という天魔の領域の魔法を手にしたが、それでも足りぬ。

人間をただのモルモットとしか思えぬような……そんな力の領域から見える光景を見てみたい。

魔術の深淵《しんえん》の最奥、その一端を理解したい。

──世界の理《ことわり》を知りたい。

そのためには、一刻も早く魔素の濃度を高め、十賢人がこの星に戻る条件を整える必要がある。

その条件はたった二つ。

九頭竜が出現することと、その時点での文明を破壊すること。

それが達成されれば、あの方たちは次に向かう場所を、この星に定めるのだ。

そして――恒久の時が過ぎ、この星の民が魔法文明を中世のレベルまで引き上げた時、私は困惑する事態に陥ることになった。

当時、目標としていた濃度まで残り数百年となっていたのだが、大気中の魔素濃度が高まるペースが鈍化することになったのだ。

その理由は魔法文明のステージが上がり、現地人が日常的に使う魔素が増えたせいだった。


――このままでは、いつ十賢人が戻るか分からない。


思い悩んでいたそんなある時、私は若き日の炎神皇《クリフ》と出会った。

そして、彼に人類の弱体化の方法を教えたことで、飛躍的に魔素の高まるペースは速まることになる。

それから四百年の月日が経《た》ち、ようやく、私の悲願成就まであと少しのところまで来ることになったのだ。

自然に待っていても、残り数十年というところ。

だが、それでも……あと少しだからこそ、私は待ちきれない。

故に、私は一日でも早いあの方々の帰還を迎えるため、計画を実行に移した。

九頭竜の発生条件は単純なものだ。

一瞬でも良いので、魔素が基準値に達しさえすればいい。

あと、ほんの一押し……そっと背中を押すだけで、それは成る。

まずは、強力な魔物を殺しブリジットの魂に魔素を吸収させる。そして、時を見てその全てを一気に解放する。

更に言えば、アカシックレコードを通じて作成した種子を埋め込んだ人間を……一時に殺せば、魔素の濃度はその瞬間だけ飛躍的に高まる。

そして、私は自らの手で時計を進めることになった。

魔法学院都市での死闘

サイド：エフタル　～魔王の廃屋にて～

魔王の語った内容に、僕とサーシャはただただ絶句することしかできない。

――掌《てのひら》を握るだけで月を破壊するだって？

いや、九頭竜《くずりゅう》のようなサイズの召喚を可能にする連中なら、それくらいできるのは当然なのか？

九頭竜の時点で思っていたことではあるけれど、十賢人というのは……スケールが大きすぎて、もはや想像すら及ばない規格外としか言いようがない。

少し考え、僕は魔王に尋ねてみた。

「つまり……貴方《あなた》自身もアカシックレコードに登録され、復活した一人であると？」

「然《しか》り。異なる点と言えば、以前のように破壊衝動を持ってはおらんことか。まあ……復活であるか否かと問われると、その定義をまずは定めねばならんがな」

「と、言うと？」

「例えば、空間転移《テレポート》……だ。魔術的な原理を言ってみよ」

「一度体を分解し、自身のデータを基に、別の場所で再構築するという理屈ですね」

「然り。九頭竜や魔物の出現も、アカシックレコードに登録されたデータを取り出してからの再構築となるわけだ。この点は空間転移《テレポート》と変わらん」

「まあ、突き詰めて考えると、空間転移《テレポート》にしても同じ記憶を持ったクローン個体という風に考えることもできますよね」

「然り。空間転移《テレポート》で死や生を論ずる者はおらぬ。はたして、今の我の状態を死からの復活と定義するか否か……それは非常に難しい」

うーん。なんか、ＳＦみたいな話になってきたな。

と、そこで、サーシャがパンと掌を叩いた。

「禅問答のようなやりとりはどうでも良いのじゃ、話が進まん」

ごもっともとばかりに僕は大きく頷《うなず》いた。

「それで、マリアがブリジットの転生体というのはどういうことなんですか？」

「先ほど伝えたとおり四百年前、炎神皇《クリフ》は我以外にバルタザールとも接触し、様々な知識と技術を授かった。奴《やつ》の強化具合は汝《なんじ》も良く知るところだろう」

「ええ」と僕は頷いた。

「とても、一人で立ち向かえるものではありませんでしたよ」

「バルタザールにとっては四皇といえども所詮は人間。蟻《あり》程度にしか思ってはおらぬ――それが何故に炎神皇《クリフ》にだけは目を付けたか……その理由が分かるか？」

「……ブリジット？」

「然り。エルフ、ドワーフ、そして魔族などの亜人族。純粋な人間以外に転生する者は希少である。故に、転生後……亜人として人ではない部分につけこまれ、我らは破壊衝動に苛《さい》まれるのだ」

「ずっと気になっていたんですが、転生者である僕が魔王化しない原因ってひょっとして……」

僕の問いかけに、魔王は首を左右に振った。

「汝の場合は再転生のスキルだろう。ただの人間であっても死亡の後に、力は弱いとしても魔物のようになる場合が多い。大体が地方の局地的脅威として騎士団等に処理されるがな」

「……」

僕が黙っていると、魔王は小さく溜息《ためいき》をついた。

「ともかく、四百年前に炎神皇《クリフ》が人類の魔法文明を衰退させた。あのまま行けば、ブリジットは破壊の限りを繰り返し……結果、今頃は九頭竜が出現しこの星は更地になっておったよ」

「でも……そうなってないですよね？」

「兄の愛だな……」

「……愛？」

「炎神皇《クリフ》はありとあらゆる邪法を使い、ブリジットの破壊衝動を抑え込もうとした。その結果、四百年の長きに亘《わた》ってブリジットによる魔素のばら撒《ま》きは最低限に抑えられたのだ」

「それで……マリアは？　何故《なぜ》マリアはブリジットの転生体なんですか？」

「炎神皇《クリフ》はブリジットの魂から、可能な限りのエルフの部分を削り取って、この星の魂の輪廻《りんね》に乗せたのだ。そうして、この星由来の他の魂と混ざり合って生まれたのが……その娘となる」

突飛な話ではあるけれど、転生システムやら九頭竜。そして――


――十賢人。


そもそも理解できないものだらけの現況、これはもう受け入れるしかないんだろう。

「故に、現在、ブリジット単体では完全には九頭竜の核たりえぬ。二つになった器を一つに戻さぬ限りは……な。それがバルタザールがマリアを狙う理由だ」

「……」

しばし僕は押し黙る。

そして指を一本立たせて魔王に質問した。

「……最後に聞きたいことがあります」

「何だ？」

「どうして僕たちに色々教えてくれるんですか？」

「──我は炎神皇《クリフ》に同情しておるのだよ」

「……同情？」

「アレもシステムに全てを狂わされた一人だ」

「……貴方と同じくということですか？」

しばしの沈黙。

魔王は諦めたように頷き、口を開いた。

「然り。我はかつて妹を自ら手にかけ、炎神皇《クリフ》は無理を承知で妹を苦境から助けようとした。それは同情の理由にはならんか？」

「……いえ。ありがとうございます。なら、一つ提案があるんですが」

チラリとサーシャに視線を送る。

小さく頷いてくれたので、どうやらサーシャも僕と気持ちは同じようだ。

「だったら一緒に、僕たちと一発殴りに行きませんか？」

その言葉で魔王は一瞬呆《ほう》けた表情を作った。

そして「クック」と肩を震わせて笑い始めたんだ。

「我と汝は四百年前に殺しあった仲ぞ？」

「でも、今は共通の……殴りたい奴がいるはずです」

ニコリと笑うと、驚いたように魔王は目を見開いた。

「遺恨も……禍根もないと？　そう言うのか？」

「だって、貴方は何も悪くないでしょう？」

断言すると、魔王は遠い目で何やら考え始めた。

「……その心は？」

「もしも、ここでかつての貴方の行いを断罪するのであれば――僕はブリジットについても同じことをしなければならない」

そのままの意味で、ブリジットも過去に大量に人を殺しているという話だ。

可能な限りにクリフがそれを食いとめはしたと思うけど、その人数は笑えないほどの数に上る。

もちろん、魔王も過去に戦乱を引き起こし、各地で大虐殺を行った。

僕としても思うところは色々あるけれど――。

「結局のところ、貴方もブリジットもただの被害者だと僕は思います」

「……」

「体を操られ、意思とは無関係に破壊をさせられただけ……。なら、少なくとも僕については そこに禍根も遺恨もない」

「……」

「憎むべきは貴方やブリジットではなく、そんな仕組みを作り出した十賢人……そして、それに追従するバルタザールだ。違いますか？」

そして、僕は魔王に向けて右手を差し伸べた。

「だから、殴りに行きましょう」

そこで魔王は呆《あき》れた風な表情を作り、続けて腹を抱えて笑い始めた。

「単純明快。実に小気味良い男だ」

「旧友たちの全員が、短気で考えなしと言いますけどね」

「然り。しかし、これほど豪気な男を見たのは初めてやもな」

楽しげにいつまでも笑う魔王。

そこで、何故かサーシャまでもクスクスと笑い始めた。

「まあ、昔からこやつはそういう性格じゃからな」

「然り。可能であれば我も助力したいが……どうやらもう遅いらしい」

「もう遅いってどういうことでしょうか？」

首を左右に振りながら、魔王は深く溜息をついた。

「賽《さい》は投げられた」

「……賽？」

「然り。バルタザールはブリジットが貯蔵した魔素を放った。そして――今まで数を増やしてきた配下と……我のような過去の亡霊を一掃するつもりらしい」

「一掃……？」

「これで九頭竜復活の条件は達成される。為《な》すべきことがあるなら……急ぐが良い」

見る間に魔王の頭部が膨らんでいく。

高まった内圧でピンポン玉のように目玉が飛び出しそうになって、そして――

「頭部が爆発した……？」

ボトボトと肉片が飛び散った家屋内で、僕は呆然《ぼうぜん》と立ち尽くしながらそう呟《つぶや》いた。

サーシャが何やら考え込んで、「チっ」と舌打ちをする。

「エフタル……これは良くない状況じゃ」

魔王の話を信じるのであれば、今、ブリジットに吸収された魔物の魔素が一気に放出された。

そして、連中が復活させた魔王のような存在、あるいは人魔を融合させた配下までもを一掃したということ。

その意味するところはつまり――

──急速な魔素濃度の上昇だ。

これがバルタザールの描いていたシナリオだとすると……。

「ええ、最悪の展開ですね」

「うむ、奴はこのまま九頭竜を出現させるつもりじゃ」

さて、困ったな……と、僕はアゴに手をやり思案する。

もちろんこのまま、九頭竜の大破壊に巻き込まれて死ぬつもりなんて無い。

「で、どうするのじゃエフタルよ？」

「今すぐに本丸に向かうしかないでしょう」

「……本丸とな？」

「魔素濃度が条件を達成したとすれば、連中は何としてもマリアの確保に向かうはずです」

「じゃが、今はまだマリアはここにおるぞ？」

「……その前に、魔術学会本部に乗り込んでこちらから仕掛けます。マーリンたちと手分けして、魔王の埋葬をしてからすぐに動きましょう」

☆★☆★☆★

小屋の外に出て、僕とサーシャは絶句した。

「……マーリンたちの姿も見えないし、戦闘の形跡もありますね」

「うむ、先手を取られたようじゃの」

懐から小石サイズの通信の水晶玉を取り出し、魔力を込める。

「ほう、お主……そのような希少なアーティファクトを持っておったのか？」

「以前に古今東西御伽草子《オトギ・ファンタジア》内で、クリフの部下から拝借したものです。同じものをマーリンにも持たしています」

水晶玉が淡く発光し、術式が作動する。

通信可能になったことを確認したところで、僕は水晶玉の向こう側に呼び掛けた。

「こちらエフタルだ……マーリン？　聞こえるか？」

『あ、ご主人様なんです!?』

「どうしたんだアナスタシア!?　どうしてマーリンじゃなくて君が……」

『マーリン様が私に持っておけって……あの、その、もしも何かあった時、私なら敵から通信手段を隠しておくのは得意だろうってっ！』

まあ、確かにそういうのはマーリンよりもアナスタシアが適任なのは間違いない。

そういう意味では英断といったところだろう。

「何があったんだ？」

『それで、あの、その……バルタザールにマーリン様がやられちゃって、私たちも牢屋《ろうや》に入れられて……とにかく大変なことになってるんです！』

「……」

『シェリルちゃんも起きないし、マリアさんは連れていかれるし、マーリン様はどこにいるか分からないし……もう、どうして良いか全然分からないんですっ！』

「……分かった。必ず迎えに行くから、君たちは可能な限り危険を避けて大人しくしておいてくれ。通信の魔力で相手に気づかれる危険もあるし、ここで一旦通信を切ろう」

さて、困ったな。

と、そこで俺は「チっ」と舌打ちを一つ。

「師匠。マーリンがやられて全員の身柄が攫《さら》われた。三人は生きてるみたいだが、マーリンについては生死不明ってところらしい」

「聞こえておった。それくらいは承知しておるわ」

「ったく……どこまでもフザけた連中だ」

そのまま俺は一旦小屋に戻る。

続けて魔王の亡骸《なきがら》に軽く手を合わせて、頭を下げた。

「悪いが、埋葬は後にさせてくれ」

小屋の外に出て、さきほどの魔法通信から逆算してアナスタシアたちの位置を割り出してみる。

するとドンピシャで魔法学院都市……いや、魔術学会本部の座標が出た。

「最速で向かうぞ。ついてこれるか師匠？」

「それはどういう意味じゃ？」

「今の俺には魔法適性の枷《かせ》は何もないってことだよ」

「ふん、馬鹿弟子もぬかすようになったの？　まだまだ我は現役じゃ」

俺の意図は十分に伝わっているようだな。

そして、術式を同時に組み始めた俺とサーシャは、同じタイミングでこう呟いた。

「『レベル９：遠距離空間転移《ロング・テレポート》』」

狙った座標は上空二百メートル。

チラリと背後を見る。

すると、さっきの小屋が豆粒のように見えて……。

ま、ひとっとびで直線距離で五キロってところか。

「レベル9：遠距離空間転移《ロング・テレポート》」

更に飛んで上空四百メートルに到達する。

これで、都合二回の跳躍で進んだ距離は、直線十キロだ。

「しかし、これ疲れるんじゃよなあ……」

「だから、ついてこれるか聞いただろ？」

「とはいえ、魔法学院都市まで……ここから二百キロくらいあるじゃろ？」

「なんなら、後から来ても良いんだぞ？」

煽《あお》るようにそう言うと、サーシャは「フン」と鼻を鳴らした。

「だから言っておろう、まだまだ我は現役じゃっ！」

「なら——このまま最短で突っ切るっ！」


「「レベル9：遠距離空間転移《ロング・テレポート》」」

そうして俺たちは魔術学会の所在する魔法学院都市へ向けて、連続跳躍を始めたのだった。

☆★☆★☆★

眼下に見えるのは、魔法学院都市。

ぐるりと外壁に囲まれた街並みを眺めたところで、宙に浮かぶ俺とサーシャは一呼吸ついた。

街の大きさは十キロ四方ってところ……か。

懐かしい感じがして、少しの感傷に浸る。

と、いうのも、ここは四百年前に俺が一時期滞在していたことのある街だ。

あの頃は毎日、氷神皇《アイザック》と酒場に繰り出していたもんだが……。

と、まあ、所々は変わってしまったが、それでも主要施設は昔と変わらない。

「これ以上は空間転移《テレポート》では近づけんようじゃな」

「まあ、当たり前だけどな」

この都市は数千年の歴史がある。

そして、その間に完全中立を貫いてきたという事実があるわけだ。

中立を貫くには軍事力の背景が必要なのは当然のことで、魔術的な防壁についてはこの都市は他の追随を許さない。

壁の外からの攻撃なら、たとえレベル10の魔法攻撃でもビクともしない。

当然ながら、空間転移《テレポート》での壁内侵入も無理ってことだ。

で、この都市は古来、防衛の大部分を武装ゴーレムや武装ホムンクルスに頼っている。

四百年前でも通用した戦力ってこともあって、実は世界最大級の軍事力を持っている都市でもあるわけだ。

なんせ、人間そのものの魔法の力が衰退しているのに、ここだけは現役バリバリで昔からの魔導兵器を使ってるんだから、そこは当たり前の話。

と、そんなわけでこの都市は、全く他国に干渉されることもない。

平和な中立学術都市として、世界中からの研究支援を受けて成立しているわけなんだが――。


「サーシャ、ここで降りるぞ」

「うむ……いや、少し待て」

「どうしたんだ？」

「少し、様子がおかしいのじゃ」

サーシャの視線の先を見てみる。

すると、そこには壁門から逃げ惑う人々が吐き出されていく姿が見えた。

「街で、何かが起きているようだな」

「化け物からでも逃げてきたような感じじゃが……」

タイミング的に考えて、またバルタザールの仕業だろう。

しかし、本当に次から次に笑えない催し物を用意してくれる野郎だ。

と、そこで壁門から白銀の甲冑《かっちゅう》騎士――武装ホムンクルスが剣を振り回しながら出てくる姿が見えた。

「こりゃあつまり……」

「うむ。都市の治安維持システムがバルタザールに掌握されておると考えて良いじゃろう」

そして俺の目に入ったのは、逃げ遅れた子供に武装ホムンクルスが襲い掛かる姿だ。

慌てて俺は、地上へと向けて急降下を始める。

「きゃああっ！　助けて！　誰か助けて！」

子供が泣き叫んでいる。

が、周囲の大人は自分が逃げるのに必死で気にかけもしない。

ってか、不味《まず》いな……。

子供は足がもつれてコケてしまった。けれど、当然のように、それでも誰も助けに入らない。そして――

――ドギャゴンっ！

頭部への踏みつけ一発。

甲冑の頭部がひしゃげ、そのまま地面に向けてホムンクルスの頭ごと着地する。

土砂が舞い、地面に小さくクレーターができたところで、俺は服についた土をパンと払った。

「対象の殲滅《せんめつ》を確認ってところだな」

言葉通りにクレーター状に凹《へこ》んだ地面の中心では、頭部甲冑がバラバラになって散らばっている。

と、そんな俺にサーシャは呆《あき》れたように肩をすくめてこう言った。

「しかし……ダイナミックな着地じゃの。もうちょっと大人しくできんのか？」

「一石二鳥と言ってくれ」

トドメとばかりに胴体甲冑を魔法で焼き払う。

続けて、俺は壁門に視線を向けた。

「あの人ゴミを見ていると……胸やけがしてくるな」

次から次に街から逃げてくる人の波は、地球でのラッシュ時の駅を思い出させるような感じだ。

サーシャも同感のようで「うげげ」と露骨に顔をしかめている。

「こりゃあ……中は間違いなく無茶苦茶《むちゃくちゃ》なことになってやがるぞ」

と、そこで転んでいる子供の体を起こして、尻についた土を払ってやった。

「中で何が起きている？」

「魔術学会本部から武装ゴーレムや武装ホムンクルスが出てきて、みんなを襲って……それで、それで――」

「もう大丈夫だ。とにかくお前は街から離れてろ」

「あ、ありがとうございます！」

そのまま子供は壁門とは反対側に一目散に走っていく。

安全な位置まで走っていったのを見届けてから、サーシャと俺は門に向けて歩き始めた。

「しかし、本当に面倒じゃのう……武装ゴーレムまでを引っ張り出して来るとは」

うんざりだとばかりに、サーシャは肩をすくめる。

「なあに、やることは変わらねえよ」

「ふむ、どういうことじゃ？」

「門を抜ければ大通りなのは知ってるだろう？」

「うむ、確かにそのとおりじゃな」

「そのまま大通りを一直線。そうすりゃあ、街のど真ん中の魔術学会本部に辿《たど》り着く」

「うーむ……多数の武装ゴーレムがおるようじゃが？」

そうして俺はクスリと笑ってサーシャに言った。

「正面から薙《な》ぎ倒《たお》して進んでいく――それだけの話だろ？」

☆★☆★☆★

人波をかき分けて壁門を潜っていく。

途中、転んで地面に倒れて散々に踏みつけられた人間が数人目に入った。

慌てて、起こして回復魔法をかけたんだが……。

「あ、ありがとうございます！」

消防訓練なんかでは良く言われることがある。

つまりは、落ち着いて「絶対に走らないように」と……。そう教える理由が良く分かる状況だな。

「しかし、ほんに酷《ひど》い有様じゃのう」

「全くだな」

ともかく、どうにかこうにか門を抜けることはできた。

すると今度は、人がまばらでガランとした街並みが目に入ってくる。

そして、予定通りに、幅十五メートルほどの大通りを真《ま》っ直《す》ぐ進んでいくと、途中で魔術師たちが道を封鎖しているのが見えた。

そのまま俺は一団のリーダー格と思わしき、ローブをまとったヒゲの男に声をかける。

「通してもらえるか？」

そう言うと、ヒゲの男は露骨に顔をしかめた。

「ここから先は立ち入り禁止だ！　子供は下がっておれ！」

まあ、立ち入り禁止なのは封鎖しているのを見れば分かる。

が、念のためにここは一応聞いておこう。

「立ち入り禁止？　一体どういうことなんだ？」

「この都市には、ゴーレムとホムンクルスに対する安全装置が施されているのは知っているな？」

「ああ、魔導兵器の暴走時、ゴーレムやらを一定範囲に閉じ込めるやつだな？」

「……一部は封鎖が間に合わずに外に漏れてしまった。が、我々がここで結界を張る限り、武装ゴーレムやホムンクルスは外には出ないはずだ」

「中に入ると、危険だと言いたいのか？」

「そのとおりだ。ここは我々自警団に任せ、さっさと外に避難しろ」

と、言われて「はい、そうですか」と引き下がれるような状況ではない。

大通りの状況を確認してみる。

すると、大通りの突き当り——目測三キロほどのところに、魔術学会本部が見えた。

で、向かうべき進行方向の道の上には、数十の武装ホムンクルスに、十メートルクラスのゴーレムが三体ってところか。

「いや、悪いが通らせてもらう」

そのまま俺とサーシャが中に入ろうとしたところで、ヒゲの男が乱暴に肩を摑《つか》んできた。

「女子供は——引っ込んでろと言っている！　これ以上我々の仕事を増やすなっ！」

その時、封鎖の向こう側から女の悲鳴が聞こえてきた。

視線をやるも、大通りには人の姿が見えない。

恐らくは路地裏で、ゴーレムかホムンクルスに誰かが襲われているのだろう。

しかし、その悲鳴を聴いてもヒゲの男は部下に指示を出す様子もない。

ただただ、俺を睨《にら》みつけているだけだ。

「おいおい、助けに行かないのかよ？」

「馬鹿を言うな！」

「いや、お前たちは自警団なんだろ？」

俺の問いかけに、激昂《げきこう》した様子の男が怒鳴りつけてきた。

「武装ホムンクルスですらAランク冒険者に相当するような戦力なんだぞ!?　ゴーレムに至ってはSランク冒険者が束になろうがとてもかなわん！」

「……だからって、見過ごして良い理由にはならんだろうよ」

その言葉に、男は「フフン」と馬鹿にしたように鼻を鳴らした。

「逃げ遅れたグズが悪いだけの話だろう？　何故に、我々が命を張って無謀な戦いをしなければならないのだ？」

どうやら、こいつに何を言っても無駄のようだな。

まあ、結界を張ってゴーレムたちを外に出ないように止めているのは事実だ。

やり口は気に食わないが、少なくとも人命救助の役に立っているという風に……前向きに考えた方が良さそうだ。

「師匠、頼みがある」

「まあ、そうくるとは思っておったよ」

「どうやら中には逃げ遅れた連中が相当数いるようだが、任せても良いか？」

するとサーシャは口を「へ」の字に曲げた。

「こんなところで魔力を使いたくはないのじゃが……連続空間転移《テレポート》で疲れておるし」

「とはいえ、放っておくわけにもいかねーだろうが」

「仕方あるまい。封鎖結界内部のホムンクルスは全て始末する形で行こうかの」

「ゴーレムはどうするんだ？」

「索敵した感じ、大通りに出てるので全部じゃ。ホムンクルスの掃除は我がやる故、後はお主がやればよかろ」

武装ゴーレムは魔法耐性の塊みたいな魔導兵器だからな。

レベル10でもないと一撃で破壊することは難しいってもんで……まあ、ド派手になるが仕方ない。

「了解だ。なら、共同作業で行こう」

俺がそう言うとサーシャは瞼《まぶた》を閉じ、体表から魔力の粒子を放ち始めた。

索敵魔法か……。

しかし、とんでもねえな。

半球状に広がっていく魔力の粒子は、あっと言うまに封鎖地域内を包み込んでしまった。

「お前ら何をやっている！　早くここから立ち去れと言っているだろうっ！」

「ロックオン完了じゃっ！」

そうしてサーシャは右掌《みぎて》を高く掲げて——

「レベル10：不可避の神矢《イージス＆サジタリウス》っ！」

サーシャの掌《てのひら》から天に向けて、無数の矢が放たれていく。

空に上がった矢は、それぞれが意思を持ったように軌道を変えて飛んでいく。

ホーミングミサイルよろしく変幻自在の軌跡を描き、それぞれの標的へと一直線に向かっていった。

「直径七キロってところかの。都合……二百四十一体じゃ」

サーシャがそう呟《つぶや》いた直後——

——ドドドドドドドドド。

街のあちこちで爆裂音が鳴り、次々とホムンクルスの気配が消えていく。

一矢一殺。

いや、この場合、「殺」というよりも「壊」と言うべきなんだろうか。

「しかし、本当にバケモンだな。俺にはそんな芸当はできやしねえ」

「ホムンクルスは魔造生命——魔力の塊と言うべきもので、座標捕捉がしやすいのじゃぞ？」

確かにそれはそうだ。

が……半径数キロ圏内の二百四十一体だからな。

さすがは俺の師匠と言うべきだろう。

ともかく、この状況で頼れる味方がいることはありがたい。

「おい、お前ら……今、何をした⁉　勝手な真似《まね》は許さんぞっ！　立ち去れと言っているだろうに！」

怒気を込めた声と共に、男が再度俺の肩を掴んできた。

ああ、もう……いい加減にうっとうしい。

そこで、俺も男をキっと睨みつけた。

「アンタ等《ら》が民間人見捨ててるから、俺等が代わりにやったんだろうが？」

「その小娘のさっきの魔法でホムンクルスを全て始末したと？　ははっ、それにレベル10などと……馬鹿も休み休み言うが良いっ！」

小娘じゃなくて、爺《じじい》なんだけどな。

しかし、このオッサンも大概面倒くせーな。

まあ、ここでもめてる暇もないし、さっさと押し通るか。

と、そう思ったその時、俺たちの背後から声をかけられた。

「……エフタル君かね？」

「魔術学会長？」

以前、島で会って話をしたので顔は覚えている。

が……何でこんなところに？

いや、違うな。むしろ、魔術学会はここが本部なので、学会長がいることは当たり前だと考えるべきだろう。

「おい、学会長よ……我には挨拶もないのかえ？」

「ああ、これはこれはサーシャ様」

慌てて学会長はサーシャに対して片膝をついて頭を下げた。

「しかし、サーシャ様とエフタル君……どうしてこんなところに……？」

「ちと、危急の事態でな。魔術学会本部に用事があるのじゃ」

そこで、自警団のリーダーのヒゲのオッサンが「あわわ……」と声をあげた。

どうしたんだと思い、視線をやる。

すると、そこには――学会長の顔と、俺たちの顔を何度も何度も交互に見て、口をパクパクさせているヒゲのオッサンの姿が見えた。

しかし……何という分かりやすい奴《やつ》なんだ。

半ば呆《あき》れたが、ここでこのオッサンに構ってる暇もない。

「学会長、通らしてもらうがそれで良いな？」

「ああ、君とサーシャ様なら……無論構わん。しかし、その口調はどうしたのだ？」

「まあ、色々あってな」

そこで学会長は何やら思案し、そして溜息《ためいき》をついた。

「……剣神皇との一戦を見させてもらったのだがな」

「それで？」

「あの時……君はレベル10：雷神皇《エフタル》を発動させようとしていたな？　それに、君は……今もサーシャ様と共に魔法学院都市の危機に現れた」

「……」

黙っている俺を見て、学会長は軽く溜息をついた。

「いや、詮索はやめておこう。困らせてしまっても悪いしな」

「ああ、そうしてもらえるとありがたい」

「ともかく、ワシにはこの異変を止めようにも……ゴーレムを駆逐して魔術学会本部にたどり着くこともできん。だが……君たちならできるんだな？」

「ああ、できる。本部にたどり着くことまでなら１００％だ」

学会長はヒゲの男に視線を向ける。

そして、叱責するように言葉を投げかけた。

「今すぐに、このお二方を通すんだっ！」

「は、はいっ！」

言葉と同時、大通りを封鎖していた魔術師たちが道を開いた。

そのまま、俺とサーシャは封鎖されている大通りに入る。

すると、道の向こう側から十メートルオーバーの鉄塊が、ドシンドシンと重低音と共に突っ込んできた。

「さて……」

サーシャは立ち止まり、俺は五歩ほど歩みを進める。

そこで歩を止め、大通りのど真ん中に立つと、掌を前方に掲げた。

一番近い奴で、目測二百メートルといったところ……か。

「ゴーレム系は電撃に耐性があるからな……」

さて、どうすべきか。

さすがにここでレベル11は明らかにやりすぎだ。

本番はこの後なので、無駄に魔力を消費したくもないしな。

とはいえ、レベル9や威力の低いレベル10では武装ゴーレムを一撃で沈めるのは難しい。

と、なると……この辺りか？

そして、術式を展開し、魔力を練り上げていく。

「レベル10：炎神皇《クリフ》」


放たれるのは核熱の炎。

放射角度を調整した獄炎が大通りを覆いつくし、一直線に向こう側まで伸びていく。

小石も、ゴミも、立て看板も、そして――


――ゴーレムも。


触れた瞬間に全てが蒸発し、あるいは炭化していく。

全てを薙《な》ぎ払《はら》い、焼き払い……後にはペンペン草も残りゃしねえ。

「これで道は開いたぞ、サーシャ」

「うむ、行くとするかのう」

満足げにサーシャが頷《うなず》いた。

そして、俺たちが歩き始めたところで、ヒゲのオッサンのところからドサリと音が聞こえた。

振り返って見てみると、オッサンは腰を抜かしてその場で尻餅をついていた。

「レ、レ、レ……レベル10？　子供が……？　本当に？」

まあ、このオッサンについてはどうでも良いとして……。

どうにも、キナ臭い雰囲気が前方からヒシヒシと漂ってきやがる。

「気づいてるか？　サーシャ？」

「うむ。魔術学会本部の辺りから、妙な魔力の波動を感じるの」

「しかし、次から次に……面倒な奴《やつ》らだ」

俺たちの視線の先――。

魔術学会本部の正門辺りから、空飛ぶ何かが吐き出されていく。

で、その数は十、二十、三十と、どんどん増えていくわけだ。

「……こりゃあまた、ワラワラと出てきやがったな。しかし何だありゃ？　ガーゴイルか？」

尋ねると、サーシャはフルフルと首を左右に振った。

「いや、アレは魔装ゴーレムじゃ」

「聞いたことがあるな。確か武装ゴーレムの強靱《きょうじん》性を持ちながら、高度な魔法を操るっていう奴か？」

「うむ。それなりに手強《てごわ》いという話じゃが……」

と、そこでヒゲのオッサンが、後ろから俺たちに大きな声をかけてきた。

「む、無茶《むちゃ》だ！　軍隊を二人で相手にするようなものですぞ！」

で、やっぱり俺はヒゲのオッサンを相手にはせず、サーシャに視線を送る。

「まあ……所詮はブリキ人形だ。全部ぶっ壊せば良い」

「ブリキではなく、アダマンタイト製じゃがな」

「細かいことは良いんだよ」

と、俺は拳をゴキゴキと鳴らしながら、一歩を踏み出した。

サイド：土公神皇《イタームム》派閥の、とある魔術学会首席上級研究員

　連続して響き渡る爆発音。

　爆炎と爆煙が一帯を包み、何が起きているかが分からない。

「魔装ゴーレムには撃ち合わせるな！　相手は雷神皇と不死皇だぞ⁉　遠距離の撃ち合いで勝てるはずがないだろう！」

　私のいる場所は魔術学会正門から百メートル。

　雷神皇と不死皇は爆煙に包まれ姿は見えん。

　が、恐らくは二キロほど先の場所にいるだろうか。

　既に屠《ほふ》られた魔装ゴーレムの数は五十を超える。

　しかし、何なんだ……あの二人は何なんだ？

　百を数える魔装ゴーレムの群れに囲まれているのだぞ？

　凄腕《すごうで》の魔術師ですら、一瞬で肉片にされてしまうような戦場を……まるで無人の野を行くように。

　ただひたすらに、奴らはこちら――魔術学会本部正門に向かってきている。

――これが、不死皇と初代雷神皇。

古《いにしえ》の魔術師の壮絶な力に、私は戦慄を禁じ得ない。

だがしかし、ここを抜けられるわけにもいかんのだ。

「近接だ！　近接戦闘で仕留めろ！」

と、そこで通信魔導具から物見の報告が入ってくる。

『ダメです！　とんでもない剣術です！　次々にナマスに刻まれていますっ！』

「不死皇だ！　ならば先に不死皇を仕留めろっ！」

『ゴーレムがっ！　魔装ゴーレムが――不死皇に殴られひしゃげて……いや、アダマンタイト製のボディが……素手で掴《つか》まれ引きちぎられていますっ！』

「素手でアダマンタイトを引きちぎる化け物がどこの世界にいるというのだっ！」

『ここにいますっ！　離れてもダメです！　遠距離でもダメです！　どうすればよろしいのです首席上級研究員！　指示……指示を！』

「ええいっ！　聞いていた話の十倍は化け物ではないかっ！」

事前の情報ですら大袈裟《おおげさ》だと思っていたが、その情報すらも大人しいとは思いもしなかった。

水晶玉を投げ捨て、私は背後の部下に怒声を浴びせる。

「アレを三体出せっ！　いかに奴といえどもレベル11の連打はできん！　アレならレベル

10にも数発耐えることはできるっ！」

私の剣幕《けんまく》に、部下は瞬時に表情を蒼《あお》ざめさせていく。

「アレとは……オリハルコンゴーレムですか⁉」

血の気の引いた顔で、部下は私に詰め寄り怒声をあげる。

「首席上級研究員っ！　貴方《あなた》はこの街を丸ごと破壊するおつもりか⁉」

「バルタザール様は本部から三キロ圏内であれば破壊しても良いと仰せだ！　構うことはない――全てを灰燼《かいじん》と帰せしめるのだっ！」

「いや、しかし……今回は我々が世界に打って出る前の余興の前哨戦《ぜんしょうせん》でしょうに⁉　世界制覇の拠点となるこの街を壊してしまえば……」

「どの道、種子を授かった方々が出れば――侵略して奪えば拠点などいくらでも手に入る！」

「そ、それはそうかもしれませんが……」

と、私は部下の頭をゴンと小突いた。

「この状況……いざとなればあの方々が出てこられよう。が、それはさせてはならん！　祝宴中にお手を煩わせるような……そんな不細工な展開だけは避けねばならぬのだっ！」

そうして私は大きく息を吸い込み、あらん限りの大声で部下を叱責した。

「何としてもここで食い止めろっ！」

そうなのだ。

我々、土公神皇派《イタームム》の魔術学会員には、輝かしい未来が約束されているのだ。

バルタザール様を筆頭に、このまま我々は圧倒的戦力により各国を制圧するだろう。

そうすれば、幹部ではない我ら研究員ですら……現在の各国の公爵級以上の地位は保障されている。

あるいは、小国であれば国王というセンすらもある。

いや、それどころではない。

この場で功績を立てれば、人魔融合の種子を貰《もら》って幹部になるという道すらも開ける。

そうすれば、百代先の栄華も手にしたも同然――。

「ここが正念場だ！」

私の指示を受け、部下が走っていく。

すると、すぐに部下が本部格納庫から、オリハルコンゴーレムを三体引き連れてやってきた。

「止めるのだ！　何が何でもここであの二人を止めるのだっ！」

道の端に陣取る私の横を、オリハルコンゴーレムの巨体が悠然と過ぎ去っていく。

――ドシィーーン。

――ドシィーーン。

――ドシィーーン。

肺の底に響く重低音。

古代よりこの都市を守り続けてきた、守護神たちが出撃していく。

レベル10魔法でも駆逐できず、一体で辺境の小国を落とせるとすら言われる古代の魔導兵器。

これがあるが故に、この都市はいかなる時代であっても中立を保つことができた。

「さあ、今こそ力を見せる時だオリハルコンゴーレムっ！」

悠然と、オリハルコンゴーレムが進んでいく。

かつて、隣国を震え上がらせた大量破壊兵器が、雷神皇と不死皇に向けて、その歩を進めていく。そして――

――ズゴシャアアアアアアンっ！

この世の終わりすらも感じさせるような、破壊的な爆音と閃光《せんこう》。

一面が白に包まれ、この場の全員の視界が完全に奪われた。

そして、一瞬のホワイトアウトの後、私は眼前の光景を見て絶句する。

「オリハルコンゴーレムが……二体も消失しているだと？　これが……雷神皇のレベル11だというのかっ⁉」

半ば悲鳴に似た私の声に応じるように、通信魔導具から物見の報告が入ってきた。

『レベル11：四皇《シコウ》の発動を確認――オリハルコンゴーレム、蒸発しましたっ！』

「分かっておる！　だが……一体は残ったっ！　ふはは、これで連中もこれ以上は好きにはできまいっ！」

島での雷神皇の戦闘データから、奴《やつ》がレベル11を連打できないことは周知のとおりだ。

確かに、二体もやられたことは想定外だった。

が、ともかく……これで一息つくこともできるというものだ。

「しかし……」

七体しかいない虎の子のオリハルコンゴーレムを二体も失い、これでは大目玉を食らうやもしれん。

それでも、ここであの二人を止めることができないことに比べれば、遥《はる》かにマシというもの。

「さあ、オリハルコンゴーレムよ！　雷神皇を叩《たた》き潰《つぶ》すが良いっ！」

と、私が叫んだその時――

――ズゴシャアアアアアアアアンっ！


再度、この世の終わりすらも感じさせるような破壊的な爆音が鳴り響いた。

同時に訪れる再度のホワイトアウト。

まさか……と思い、私の背中に嫌な汗が走る。

そうして、物見が告げた言葉は……私の予感を現実へ変えることになった。

『再度、レベル11：四皇《シコウ》の発動を確認――オリハルコンゴーレム……蒸発しました……。全滅ですっ！』

通信魔導具から聞こえる報告に、ただただ私は呆然《ぼうぜん》と立ち尽くすことしかできない。


――連発……だと？


レベル11の……連発？

そんなことができるとは私は聞いていないぞ？

いや、今はそんなことを考えている場合ではない。

すぐさま振り返り、私は部下に怒声を飛ばした。

「残るオリハルコンゴーレムを全て出せ！　全力全開だ！　全兵力をもって雷神皇を止め——」

　と、そこでヒュオンと風斬り音。

「もう遅《おせ》えっ！」

　突如目の前に現れた黒い影。

　振り下ろされた刀で私の体は分断され、ドサリドサリと……上半身と下半身が、同時に地面に崩れ落ちる音が響いた。

「出すなら最初から出しとくんだったな」

「馬鹿……な」

「戦力の逐次投入は愚策ってのは兵法の基本ってやつだ」

「だが……たった二人で……何が……でき……る……？」

「たった二人？　悪い冗談だな」

「……何？」

　薄れゆく意識の中。

　地面に転がり天を見上げる形になった私に見えた光景、それは——

「龍……族……？」

　空に舞うのは神々しい巨大な龍の群れ。

　重低音と共に、龍が一頭、また一頭と大通りに降りてくる。

何故《なぜ》、龍族がこんなところに……と、そこまで考えて私は「はは……」と笑ってしまった。

そんなものは決まっている。

——今、この場で世界の命運を賭けた最終戦争《ラグナロク》が始まろうとしているのだ。

龍帝ミハイル、龍姫スヴェトラーナ、そして不死皇と雷神皇。

既に事態は個人……いや、大国の軍隊ですらもどうにもならぬ。

これより繰り広げられるのは、人を超えし万夫不当の超越者による戦の宴に……他ならない。

「どうやら、スヴェトラーナも間に合ったみたいだな」

「うむ。それではバルタザールとやらのツラを拝みに行こうではないか？」

「ああ、お遊びはここまでだな。ここから先は出し惜しみは無しだ」

そして、コツンコツンと、二人の靴が床を踏み鳴らす音を聞きながら……私の意識は暗転した。

サイド：エフタル

魔術学会正門。

木製の巨大な門を前にして、サーシャは腕組みをしながら口を開いた。

「まさか……魔術学会本部という、世界的組織に殴り込みするようなことになるとは。中々に感慨深いモノがあるの」

そんなサーシャに、俺は思わず笑ってこう尋ねる。

「いや、四百年前にも似たようなことなかったか？」

「……あの時は商業ギルド総本部相手じゃろうに？」

「あの時は不作で餓死者出まくってるのに、商業ギルドが小麦をガメて値段を吊《つ》り上げるって感じだったな」

懐かしい話だ。

オルコット公爵領で餓死者が続出しそうってことで、あの時もサーシャと組んで大暴れしたんだっけか。

「しかし、そう言われてみるとそうじゃの。我らは昔からやっとることはあんまり変わらん」

「ああ、違いないな」

気に食わねえ外道を追いかけまわして、一発ぶん殴る。

思えば、本当にそんなことばっかりやってきた。

「で、どうするのじゃ？」

「どうするっつーと？」

「このまま馬鹿正直に正門から入るのかの？　あるいは……他の入り口を探してコッソリ行くのかの？　それともド派手に龍と共に一気に全員で押し入るのかの？」

「いや、正面から礼儀正しく行こう」

と、俺は眼前の正門をジッと見据えた。

門はさっきまでゴーレムの通路用に開けっ放しになっていたようだ。

が、今ではご丁寧なことに閂《かんぬき》までかけられて、固く閉ざされている。

「礼儀正しくとな？」

「そう、こんな具合にな」

扉に向けて掌《てのひら》を掲げる。

そして、術式を瞬時に組み上げ、爆裂魔法を放った。

「レベル９：極大爆発《エクス・エクスプロージョン》」

爆裂魔法を食らった正門は一瞬で四散し、木っ端みじんに弾《はじ》け飛んでいく。

燃焼しながら舞い散る木片を手ではたきながら、サーシャは心の底から呆《あき》れたという表情を作った。

「……相も変わらず無茶苦茶《むちゃくちゃ》じゃのう」

「ま、別に逃げ隠れするようなやましいこともしてないしな」

「では、行くとしようか」

「しかし、まあ……アレだな」

「ん？　何なのじゃ？」

「さっき師匠が言ってた感慨深いって話だよ。四百五十年ほど前――俺の魔導の目標の一つに、魔術学会の正門を潜るってのがあったんだよ」

「まあ、ここは我が不死化する前から、変わらずにこの場所にあるからの。それなりの権威であることは間違いない」

「さっきの師匠じゃねえけど、まさかここ相手に殴り込み仕掛けることになるとはって……そう思わんことはない」

実際問題、ここは魔術師の聖地のようなところはある。

学生の時は誰しもがここに憧れ、ここの門を潜るために術を磨く。

そんなところに殴り込みなんて……。

全くもって数奇な運命だとは思う。

「正直な話、我もここには思い入れがないことはないのじゃ。何だかんだで毎年学会には顔出しとるしの」

「だからこそ、ワケ分かんねえ奴《やつ》に好き勝手にされるのは気に食わねえ」

「そうじゃな。ぶっちゃけると、我も可憐《かれん》な少女時代はこの門を潜ることを夢見ておった」

茶化《ちゃか》しても仕方ないので、少女ってのにはツッコミは敢《あ》えて入れない。

が、ともかく、俺とサーシャは魔導の頂を目指す者としては同志だ。

無論、俺たち二人は魔導に対して並々ならぬ思いを持っているのは互いに知っている。

そして、それぞれがそれぞれの修業時代に、やはりこの正門に特別な意味を持たせていたんだ。

それは――。

恐らくはアナスタシアにしても、マリアにしても、シェリルにしても。

あいつらがこの先、どういう風な道を歩くのかは俺には分からない。

しかし、魔術師として大成する道を選ぶなら、いずれはこの門を潜ることになるわけだ。

俺たちの後進、世界中の若き魔術師たちの憧れの場所を汚されるってのは、本当に我慢がならない。

不快な感覚を覚えずにはいられない。

「良し、行くか師匠。スヴェトラーナと龍族もすぐに追って来るだろう」

「うむ、そうするか」

そして、俺たちは魔術学会本部に足を踏み入れた。

☆★☆★☆★

玄関の大広間。

そこには昔と変わらず毛の長い赤絨毯《あかじゅうたん》が敷かれていて、シックに固めた落ち着いた内装だ。

奇襲を警戒して周囲を窺《うかが》っているところで、俺の頰《ほお》は思わず緩んでしまった。

「……マーリン。無事だったのか！」

広間の隅で一人佇《たたず》んでいるマーリンにそう呼びかけるも、返答がない。

よくよく見てみると、目にも生気の色はないな。

これは面倒なことになっているようだ。

と、俺はマーリンに更に問いかける。

「……マーリン？」

「……」

マーリンは一言も喋《しゃべ》らない。

意識はあるようだが……と、思っていると、彼女は少し考えてから首を左右に振った。

「私はマーリンではなく、転生の女神です」

「……どういうことだ？」

「お気を付けください。九頭竜の召喚が始まります」

「おいおい、九頭竜ってどういうことだ？」

と、そこで――。

俺の全身の肌が粟立《あわだ》った。

まず、俺の第六感が伝えてきたのは、全力全開の危険信号だ。

続けて、周囲に爆発的な魔力の流れを感じる。

次に、ゴゴゴゴゴゴッと地鳴りと共に地面が揺れ始めた。

そして地鳴りに少し遅れて、本部の上階から濃密な……いや、魔力の爆発を感じる。

「エフタル！　防御結界じゃっ！」

「もうやってるっ！」

建物にヒビが入り、天井から小石がパラパラと落ちてくる。

大気そのものが震え、建物の破壊音が聞こえ、天井が崩れ――そして俺たちの頭上から衝撃波が襲い掛かってきた。

俺とサーシャの張った対物理・対魔法の結界のレベルは共に10。

それも上から迫りくる衝撃波にまともに意味をなさず、瞬時に掻《か》き消されていく。

「やべえぞ！」

「何なのじゃコレは⁉」

これが、死の間際の現象なのだろうか。

壁が、天井が、魔術学会本部が崩れ落ちていく光景が、ゆっくりとスローに流れていく。

そして、上階から訪れる衝撃波が俺たちを呑《の》み込む寸前。

マーリン……いや、転生の女神が俺とサーシャの手を取り——


——気が付けば、一面が真っ白な空間、転生の間に俺たちは佇んでいた。

サイド：マリア

　魔術学会本部屋上。

　平面の床にはブリジットちゃんの亡骸《なきがら》が転がり、その横にはバルタザールが立っている。

　そして、私はただ……その場で震えて事態を傍観することしかできずにいた。

「どうして武装ゴーレムを放ったの？」

　大通りは先ほどから爆煙に包まれ、鼓膜が破れそうなほどの爆発音が次々と鳴っている。

　エフタルとサーシャ様。

　そしてゴーレムたちの戦闘が行われているのは明らかだ。

「まあ、これも慈悲だ」

「……慈悲？」

「九頭竜の出現。召喚魔法の余波だけで、半径一キロ程度が消し飛ぶわけだからな」

「……ワザと市民を襲わせて、可能な限り避難させるってコト？」

「そのとおり」と頷《うなず》いて、バルタザールは言葉を続けた。

「お前たちの世代は幸運だ。世界を破壊する光景を目にすることができるのだからな」

「……？」

「せっかくこの世代に生まれてきたんだ。終末の光景くらいは見させてやるというのが人情だとは思わないか？」

そう言うと、白煙と爆炎を背景に、バルタザールは大きく両手を広げた。

「……悪趣味なことね」

事実として、吐き気と共にコイツに思うことはそれだけだ。

けれど――。

残念ながら、今の私にはコイツに抗《あらが》う術《すべ》は何もない。

いや、それは……エフタルですらも同じか。

そう、バルタザールの記憶を見た私には良く分かるんだ。

十賢人から授かった力でレベル12までの魔法を操り、そしてその術式構築はエフタルを遥《はる》かに凌駕《りょうが》することは間違いない。

しかも、コイツには最悪の切り札までもある。

――九頭竜。

幅三百キロ、その長さは一万キロに及ぶ……巨大な蛇。

それは大陸を縦断するような馬鹿げたもので、想像の及ぶ範囲ですらない。

――エフタルも。

――サーシャ様も。

――マーリン様も。

アナスタシアやシェリルは勿論《もちろん》、スヴェトラーナさんだって、みんなが等しくムシケラのように殺されてしまう。

「でも、そんな巨大な生物を召喚して魔法学院都市はどうなるの？　一瞬で下敷きでしょう？」

「出現座標の調整が難しくてな。土中での出現となっては面倒だ。故に、千キロ程度上空の宇宙空間となる」

千キロ上空……と、私は空を見上げる。

そして肺から乾いた笑い声が漏れてきた。

――本当に笑いしか出てこないわ。

これは、圧倒的な力……いや、圧倒的な理不尽以外に形容できるものではない。

恐らくは、エフタルと対峙《たいじ》してきた敵の多くも、そういうことを思ってきただろう。

けれど、今度は立場が逆だ。

遂《つい》に、理不尽に晒《さら》される番が……私たちに回ってきた。

これは、そういうことなんだ。

「見るが良いマリア。お前の師がオリハルコンゴーレムを蹂躙《じゅうりん》しようとしているぞ」

そして、煌《きら》めく閃光《せんこう》。

目も開けていられないほどの魔術的エネルギーの塊、あれは――


――レベル11：四皇《シコウ》。


エフタルがすぐそこまで来ている。そう思った私は「来ちゃダメ……」と涙目になって首を左右に振った。

「お願い……お願いだから……来ないで！」

と、そこで横目にチラリと見えたのは龍の群れだった。

ああ、スヴェトラーナさんたちまで……来てしまった。

震える声で私はバルタザールに懇願した。

「……やめて、みんなを殺さないでっ！」

「全てはお前次第だ。魂の融合についてはさすがの私も関与できんからな」

「……」

と、私は悔しさのあまりに拳をギュっと握った。

それを見て、バルタザールはニヤリと笑った。

「知っての通りにブリジットの器だけで九頭竜は呼び出すことはできるが、制御はできない」

「……」

「そうすれば、無秩序に暴れ、全ての破壊が行われる。現地人類の根絶までは十賢人も求めてはいないのだ」

「……私がブリジットちゃんの魂と融合して、一つになれば……本当にエフタルたちは見逃してくれるの？」

「お前自身は九頭竜の核となるがな。さあ、どうするのだ？」

「いかにアンタといえども、私の意思がなければ……ブリジットちゃんと私を融合できないんだよね？」

元々、こいつはこうなることを読んでて、この状況を作り出している。

だから、記憶を見せて絶対に勝てないと悟らせた。

そう、私が攫《さら》われたなら——

——アイツは絶対に助けに来ちゃう。

アイツだって、今回に限っては無謀だってことは……心のどこかでは分かっているはずだ。

「条件があるわ」

「ああ、聞こうとも」

そう。

私がこういう提案をすることまで、恐らくはコイツの掌《てのひら》の上だ。

そこだけは本当にシャクだけど、選択肢がない以上は……仕方ない。

「アイツと……アイツの身内だけは全員助けてやってほしいの。オルコット公爵領と、私たちの魔法学院だけは見逃してほしい」

「その程度なら構わない。文明も認め、どこかの島国で隔離された生活をさせよう」

「……」

「ただし、一代限りだ。生殖の能力は奪わせてもらう。それがこちらのできる最大限の譲歩だな」

本当に、この男には吐き気しか覚えない。

けれど……少なくとも、これでアイツの命までは取られない。

どの道、この星は放っておいても十年で九頭竜が出現して滅びる運命なんだ。

どうするも、何もない。

最初から選択の余地なんて……どこにもない。

「分かったわ」

頷《うなず》くと、ブリジットちゃんの遺体が光の粒子となって、私の胸の中に吸い込まれてきた。

そして――

――九頭竜の召喚が始まった。

四皇

一面が白の空間。

ここは今まで俺が三度訪れた空間……転生の間だ。

が、俺とサーシャの前に立つのは、今回はマーリンの姿をした転生の女神となっている。

「何故《なぜ》、マーリンの姿でお前がここにいるんだ？」

「今までは貴方《あなた》たちが自身で転生の間に訪れ、今回は私が貴方たちを現世まで迎えに行きました。その違いですね」

言葉の意味が理解できずに困惑していると、女神はクスリと笑った。

「案ずることはありません。後ほどこの者は解放します。条件を満たす者……強い魔力と貴方を最も案ずる強い気持ちを持った者が、この肉体の持ち主だったのです」

理屈はぶっちゃけ良く分からん。

が、とりあえず、マーリンについては問題なさそうだ。

「で、お前は俺たちの命を助けに来たのか？」

「正確に言えば、あのままでも貴方たちは死亡していません」

「……どういうことだ？」

怪訝《けげん》に尋ねると、女神は小さく頷《うなず》いた。

「あの直後、バルタザールによる防御結界が空間に張られました。恐らくは、マリアの願いを聞き入れたのでしょう」

マリアの願い……？

俺の疑問を察してなのかは知らないが、女神はパチリと指を鳴らした。

「まずは現世に干渉するため、この肉体を使ったことをお詫《わ》びします。外の現状をご確認くださいな」

すると、俺たちの周囲にいくつもの巨大な鏡が現れた。

そこには、さっきまで俺たちが激闘を繰り広げていた魔法学院都市の姿が色んなアングルで映し出されたんだが――

「……こりゃあ……とんでもないな」

鏡のほとんどが示していたのは、半壊した都市の街並みだった。

魔術学会本部に至っては……完全に更地になっている。

そこを中心として一キロ程度は全て消し飛んでいる感じで、俺たちを襲った衝撃波が全てを薙《な》ぎ払《はら》ったのだろう。

そして何よりも俺が驚いたのは、街全体が夜のように暗くなっていたことだ。

と、いうのも、上空に曇り空のように蓋をしている巨大質量が、太陽光を完全に遮ってやがったんだ。

「これが……九頭竜《くずりゅう》なのか？」

鏡の一つは、超上空の宇宙から星全体を映すアングルになっている。

その距離までひかないと、全容すら把握できないソレは、つまりは――


――幅三百キロ、全長一万キロの九頭竜だ。


星全体に延びた細長い線を見て、ただただ俺は絶句することしかできない。

別の鏡を見るに、スヴェトラーナが連れてきた龍も、かなりの数が九頭竜出現の余波で粉々に吹き飛ばされているようだ。

もちろん、難を逃れた龍たちも空を舞っている。

が、数を見る限り……半数程度はやられてしまったのだろう。

「スヴェトラーナは何とか無事だったようだが……これは不味《まず》いな」

と、龍化したスヴェトラーナの無事を確認したところで、俺は女神に詰め寄った。

「……アナスタシアとシェリル……それにマリアはどうなったんだ？」

女神に問いかけるも、俺自身がその答えは良く分かっている。

魔術学会本部は完全に吹き飛んでいて、タフさが売りの龍族でも耐えられない衝撃。

あいつらが、どうこうできるわけもない。

「エフタル、よく見るのじゃ」

サーシャの指さす鏡を見てみる。

すると、更地となった魔術学会本部の中心に。長身の白髪の男が立っていた。

「あれがバルタザール……？」

背中まで伸ばした長髪のオールバック。

肌ツヤは二十代後半ってところだが……まあ、長く生きてる連中は、見た目から年齢は分からん。

と、そこで俺は「あ……」と声をあげた。

「アナスタシアとシェリルは無事のようじゃな」

確かに、バルタザールの足元に女が二人転がっている。

が、その周囲には逃げられないように結界が張られているようにも見える。

「完全に捕まっているな。無事ってのは違うんじゃねーか？」

「しかし、何故にあの二人をバルタザールは助けたのじゃ？　奴《やつ》にとっては羽虫以下の存在じゃろうに」

「……俺に対する人質ってところか？」

女神に尋ねると、首を左右に振って彼女は言った。

「いえ……マリアに対する人質でしょうね」

「マリア？」

「マリアは既にブリジットと融合し、九頭竜になっています。二つに分かれた転生体を元に戻すには本人の意思も必要です。恐らくはマリアは……貴方たちを守ることを交換条件に九頭竜となることを自ら選んだのでしょう」

「……馬鹿なことをしやがって」

拳をギュッと握り憤るが、マリアの気持ちも良く分かる。

確かに九頭竜を目の当たりにした今――。

実感として、俺やサーシャにどうこうできる領域を遥《はる》かに超えすぎているのが良く分かる。

だから、マリアは俺たちを守るためにバルタザールの言うことを聞かざるを得なかった。

久しぶりに感じた、自身の無力。

しかし、俺は力が足りないからと、ここで諦めるほどにはヤワにできちゃいない。

「ともかく、話を一度整理した方が良いな。女神さんよ……その気があるなら、俺に状況を分かるように説明してくれ」

「ええ、そのために貴方たちをお呼びしましたので」

コクリと女神は頷いた。

そして――。

語られたのは、一人の女の壮絶な人生だった。

☆★☆★☆★

――かつて、私は転生システムの開発に携わっていました。

その言葉を皮切りに、女神の少し長い語りが始まった。

科学と魔法が融合し、高度に発達した魔法文明の崩壊間際の時代。

当時、バルタザールは文明崩壊後に、新しく生まれ発達するであろう……現行文明の破壊を十賢人に任されることになる。

それと同じく、彼女も転生のシステムを管理する女神として、旧人類の中から選ばれた者だということだ。

何故に、彼女が管理者たる女神に選ばれたのか？

その理屈は単純だった。

システムを管理するには、内部構造のアウトラインを知る開発者自身が適正だったというのが理由だ。

『古代魔法文明では大がかりな魔導具を作成する際、人間型のホムンクルスの脳を生体コンピューターとして利用し、核とします』

そう言った時の、彼女はとても悲しげな表情をしていた。

当時、彼女も、ホムンクルスの脳を取り出し核に使用してシステムを構築するとバルタザールに聞いていた。

だが、事実はそうではなかった。

最後の最後、システムの女神となる直前に彼女が聞かされたのは……あまりにもひどい話だった。


――つまりは、生まれたばかりの彼女の息子の脳を取り出し利用する。

と、いうのも、他の星から魂を運搬するレベルのシステムの運用には、ホムンクルスの脳ではスペックが足りないということだ。

バルタザール曰《いわ》く、システムの女神として管理するのが母親であれば、核は息子であると相性も良い。

そういうことだったらしい。

☆★☆★☆★

「生まれたばかりの子供を、奪われた母の気持ちが分かりますか？」

と、長い語りを終えた彼女は涙目になって、俺とサーシャにそう語り掛けてきた。

「……」

「……」

ただただ俺たちは言葉を失い、押し黙ることしかできない。

彼女の苦悩と深い悲しみは推して知るべしというところだろう。

「あの時、バルタザールに同じ問いかけをした時、彼はこう言いました。『十賢人から力の一端を授かった私には、お前たちのような虫ケラの気持ちなど分からない』と」

そこで女神は吐き捨てるように呟《つぶや》いた。

「確かに十賢人はおろか、バルタザールですら人類を超越した力を持つでしょう。でも……」

と、彼女は言葉を続ける。

「私たちの気持ちが分からないからこそ、彼《か》の者たちは私がシステムに盛りこんだ毒に気づけないのです」

「……毒？」

大きく頷き、女神は俺に真《ま》っ直《す》ぐな視線を向けてきた。

「それが故に、私は貴方《あなた》に着目していたのですよ」

俺に着目……？

どういうことだと思っていると、女神は俺の右手を両手で握ってきた。

「何故《なぜ》、貴方が蘇《よみがえ》ったのがこの時代なのか？　何故、九頭竜が出現するこのタイミングだったのか？　何故、私が貴方のもとに今現れたのか――その理由が分かりますか？」

その問いかけに、ゾクリと背中に寒気が走った。

そうして、俺は震える声で女神に尋ねた。

「全ては……お前がバルタザールに対抗するために仕組んだことなのか？」

「ええ、そのとおりです」

「いや、しかし……どうして俺なんだ？」

尋ねると、女神は微笑を浮かべる。

「私はシステム上に存在しないはずのスキルを作り出し、貴方はそれを選んだ。全てはそこから始まりました」

「ひょっとしてそれは……」

「……ええ。もう、お判《わか》りでしょう？　私が盛った毒とは何なのか。貴方が他の転生者とは何が違うのか。それは――」

女神は一呼吸置いて、しばしの後にこう言ったんだ。


「――再転生のスキル」


「ちょっと待て、女神……どういうことだ？」

「貴方自身気づいているのではありませんか？　自分の中に二人の人格があるということを」

そう言われてみると、腑《ふ》に落ちる点が多々ある。

まあ、確かに『僕』の方の俺だの、『俺』の方の僕だなんて、意味が分からんわな。

『僕』の方については、転生後の子供の意識に引っ張られていると、そういう風に思っていたが……。

まさか、そういうカラクリだったとは。

「つまり、今出てきていない方のエフタルは……正真正銘転生後の別人格ってことなんだな？」

「そういうことですね。記憶を共有する他人と考えて貰《もら》って構いません」

「で、話を戻して……仕込んだ毒ってのは何なんだ、女神さんよ？」

「貴方は転生者の魂を持つと同時、転生後のエフタル……つまりは現地人としての魂を持ちます。まあ、いわば……地球人と現地人との魂のハーフなのですね」

「……それで？」

「九頭竜の核になる資格は転生者であるということ。現在、その役目はブリジットが担っています。が……貴方がその座を強奪するならば、バルタザールに一泡吹かせることができるのです」

「具体的には何をやりゃあ良いんだ？」

「ぶっつけ本番になりますが……転生者としての貴方が九頭竜にアクセスし、現地人としての貴方が内部から九頭竜を停止させるのです」

「停止させる……？　どういう理屈だ？」

「魔力操作なら貴方のお手の物でしょう？　九頭竜の身体動作は核となった人間の脳内魔力回路を通して行われます。ならば……貴方が魔力を操り、その脳内魔力回路を閉じてしまえばいい。人間でいえば貴方の脳内魔力回路は九頭竜の脊髄と言えるようなものですから」

「……なるほどな。だがしかし、サラっと酷《ひど》いこと言ってくれるじゃねえか」

そうなんだよな。

本当に簡単にサラっと言ってくれるが、それはつまり……人柱ってことじゃねーか。

「ええ、通常であれば九頭竜は十賢人が消滅させますが、成功すればそれは起きません。故に……貴方は九頭竜に取り込まれたまま永遠に近い時を過ごすことになるでしょう。どうしますか？　強制は致しませんが」

「ったく……そんなの、どうするもこうするもねえだろ」

選択の余地はない。

まず、現状で九頭竜を倒すのはどう考えても無理だ。

あのサイズの化け物をどうこうなんて、もはや人間がどうにかできる範疇《はんちゅう》じゃない。

そして、このまま放置すれば世界は早晩更地になるだろう。

何よりも、マリアをこのまま放っておくこともできないしな。

「ま、是非も無しってやつだな」

と、そこで転生の女神は満足げに頷いた。

「それと確認だが、前提としてバルタザールをぶっ飛ばさないといけないってことだよな？」

「ええ。この世界を破壊するまではアレは九頭竜の核の近くから離れないでしょう」

「……そういうのは得意分野だ。任せてくれ」

「しかし、バルタザールは強敵です。自分で話を振っておいて申し訳ないのですが……勝算はおありで？」

「九頭竜そのものは無理でも……アレなら何とかなるはずだ」

「……その心は？」

「そもそも、アレは慎重な性格なのかは知らんが、俺と師匠についてはギリギリまで様子を見ていたんだろ？」

そこで女神は憂鬱げな表情を作った。

「ええ。その上で、バルタザールは貴方とサーシャを脅威とはみなさなかったのです」

「だが、殴れば血も出るんだろうし、血が出るってことは……殺せるってことだ」

「しかし……」

そこで俺は女神の肩をポンと叩《たた》いた。

「なあ、知ってるか女神さん？」

「何をでしょうか？」

少し考え、俺は一呼吸置いて女神に断言した。

「やる前から負けた時のことを考える馬鹿はいねえんだよ」

そう言うと、女神は柔和な表情を作ってサーシャに向けて微笑《ほほえ》んだ。

「サーシャ……心中お察ししますわ」

「うぬ？　どういうことじゃ、女神殿」

「本当に貴方……豪快な弟子を持っていますね」

その言葉でサーシャは吹き出した。

そしてしばらく笑った後で、すぐに神妙な面持ちを作った。

「いや、ぶっちゃけ我も困っておっての。なにしろこやつは完全に頭がぶっ飛んでおるのでな」

「ええ、でしょうね」

女神は笑って小さく頷き、右手の指を二つ立てた。

「貴方をここに招いたのには二つ理由があります。一つは、九頭竜出現の余波に巻き込んで死亡させせないためです」

「もう一つは？」

「女神が転生者に力を与えるということ。それは古今東西、全ての転生の間での――約束事なのですよ」

そう言ってウインクをすると、女神の背後に黒い粒子が集まってきた。

そして、見る間に黒い粒子は人間のような姿を形作っていく。

で、一分も経《た》たない内に……三人の人間が目の前に現れた。

「おいおい……マジかよ」

現れた三人の姿を見て、俺だけではなくサーシャまでが絶句している。

いや、そりゃあまあ、驚くだろう、だってこの三人は――

「初代炎神皇に……氷神皇じゃと？　それに……土公神皇《イタール》？」

「どういうことなんだ、女神さん？」

「三人は強者としてアカシックレコードに登録されています。アクセス権限を持つのはバルタザールと――そして私ということです」

「システムの管理者ってのも……滅茶苦茶《めちゃくちゃ》な能力持ってんだな」

いや、そもそもスキルとかを転生者に授けてるんだ。

滅茶苦茶も何も、こいつらは最初から……何でもアリなのは今更だろう。

「無論、無制限というわけではありませんがね。転生者としての貴方の魂を利用して……といったところです」

「いや、でも……だったら、今までのこの星にいた全ての強者で協力してくれそうな奴《やつ》をまとめて召喚すれば良いいんじゃねーか？」

俺の問いかけに、女神は首を左右に振った。

「先ほどお伝えした通り、無制限というわけにはいきません。亜人の転生者という希少種ではない、貴方ではここまでが限界なのです」

「そして――」と、女神は言葉を続けた。

「色々と条件はあるのですが、貴方の魂であれば……強い絆《きずな》で結ばれた者でなければそれは叶《かな》わないのです」

「だから、この三人ってことなのか」

「私の助力はここまでです。連れていきなさいエフタル、既に三人には事情は伝えてあります」

さて、どうしたもんか。

いや、それもまた考えるまでもないことだな。

「久しぶりじゃないかエフタル！」

と、そこで氷神皇——アイザックがこちらに駆け寄って抱き着いてきた。

見た目は二十代後半で、恐らくは肉体の全盛期の姿で再構築されたんだろう。

「ああ、久しぶりだな！」

力強く抱き返したところで、懐かしい顔に、心に温かいものが溢《あふ》れていく。

こいつの顔を見るのは本当に久しぶりで……ああ、ダメだ。

こんなところで泣くと、後で何を言われるか分かったものじゃない。

「アイザック。お前の子孫……シェリルってのを預かってるんだが、中々の不思議ちゃんで困っている」

「で、魔術の腕はどうなんだい？」

「……天才だな」

「君が太鼓判を押すなら間違いない。とはいえ……まあ、私の子孫だから当たり前だがね」

そして、アイザックから離れた俺は、クリフに顔を向けた。

「久しぶり……いや、ちょっとぶりかクリフ」

「あくまでも……ブリジットのための一時共闘だ」

そう言うと、クリフは俺の手を握りもせずにプイっと横を向いた。

しかし、こいつって奴《やつ》は……。

まあ、クリフはいつもこんな感じでこれが平常運転だ。

逆に、妙に友好的にこられても気持ち悪い。

「相変わらず素直じゃねえな、クソ野郎」

「君の口の悪さも変わらないね……まあ、ここで突っ張っても仕方ないか」

そう言ってクリフは苦笑する。

そして、一瞬の逡巡《しゅんじゅん》の後、差し出された俺の右手を手に取った。

「……すまなかった、エフタル」

「気にするな、親友」

皆まで言うなとばかりに俺は頷《うなず》き、ガッチリと握手を交わした。

それで、俺は土公神皇《イタ―ム》に視線を向けてマジマジと観察を始めたんだが……。

「で、イタームはどういう立ち位置なんだ？　ってか……お前も死んでたのかよ」

「不覚にもバルタザールに洗脳魔法を受けてしまってね……申し訳ないエフタル」

その言葉で、俺は全てを察して頷いた。

「……で、お前はどうするんだ？」

「物事には因果がある。こうなってしまったのは、私が不甲斐《ふがい》ないという理由だ。どのツラを下げて君たちと共闘などと……」

「……」

「因果に従い君に償うのであれば……もう、私は死んで詫《わ》びるしか……」

そういえば、物事の道理とか因果とかにやたらこだわる奴だったたっけか。

なら、俺が返す言葉はこれしかない。

「イターム、お前はもう死んでるだろ？　因果はキッチリ詰められてるよ」

しばし考え、イタームは「ハハハ」と力なく笑った。

「ああ、違いない」

その言葉を聞いて、アイザックが笑い、そしてクリフもまたクスリと笑った。

「しかし、皮肉なものだねエフタル」

「ん？　どうしたんだよクリフ」

「レベル11の連打って話は聞いたよ。魔法適性が無いが故に、僕たちに劣等感を抱いて死んだ君が——不死皇すらも追い抜いて、今ではこのメンツの中で最強だってことらしいね」

「……」

「頼りにしている。君の背中を僕たちに預けてほしい」

「ああ、俺も頼りにしてる――何よりも、俺はお前たちの力を信じてるからな」

そう、俺は本当にこいつらを頼りにしている。

――四百年前、決戦の魔王城では俺はお荷物だった。

――他の三人に気遣われてたのも分かってるし、あの時は負担にならないように食らいついていくだけで精一杯だった。

――でも、今は違う。

――四百年前の死の直前、身を裂くように焦がれ、そして憧れた背中に追いついた。

俺、クリフ、アイザック、イターム――初代四皇。

――今の俺なら、こいつらも安心して互いに背中を預けることができる。

ようやく……ようやくだ。

俺はこの連中と肩を並べ――そして、俺たちは本当の意味で四皇《シコウ》になった。

それに、不死皇であるサーシャの五人。

「過去の魔術学会の面々を総ざらいしても、これ以上のメンツは中々出てこねえだろう」

と、そこで俺はパンと掌《てのひら》を叩いて女神に言った。

「外に転送してくれ――反撃開始だ！」

全員が頷いたところで、周囲は光に包まれた。

最終巻に続く

あとがき

と、いうことで次巻で最終巻です。

次巻まで出せる状況とは聞いているので、よほど想定外に売り上げが下がってない限りは、どうにか出せると思います。

今回、ラストバトル前の説明巻ということで、洪水のように出てくる情報を捌《さば》くのに物《もの》凄《すご》く苦労しました。

が、最後は良い感じに盛り上げることができたかなと。

実は7巻&最終巻の内容って1冊と半分くらいで丁度キリがいい感じだったりします。

今現在、7巻のあとがきを書いている最中ですが、「これどうしよう」と悩んでいたりします。

最後のシーンと、最後の流れは綺麗《きれい》にまとまるはず……なんですけどね。

お話変わりまして、落第賢者《らくだいけんじゃ》も次で最終です。

そういうこともあって、今、実は色々と裏で準備しています。

まず、スニーカー文庫さんからではないのですが、年内には出版される可能性が高い小説の新シリーズが複数あります。（ネットを通さない書下ろしも含む）

それと、これはまだちょっとどうなるかわからないのですが、書下ろしの漫画原作の仕事などもやったりする可能性が結構あったりします。

今後は、ネット小説サイトから離れた書下ろしの仕事も増えていく可能性が高い状態であるのかなと。

ツイッターをやっておりますので、どんな活動してるんだと思った方はチェックしていただければ幸いです。


それでは最後に謝辞です。

今回も美麗なイラストで華を添えていただいた魚《うお》デニム先生。

次回でラストですのでよろしくお願いします。

また、担当編集さんもいつもどおりに諸々《もろもろ》ありがとうございました。

こちらも次回でラストですのでよろしくお願いします。

そして何より読者の皆様方。

プロット段階では綺麗に終わるはず&ちゃんと最後まで出るはずですので、よろしくお願いします。

白石《しらいし》　新《あらた》

落第賢者《らくだいけんじゃ》の学院無双《がくいんむそう》７
～二度転生《にどてんせい》した最強賢者《さいきょうけんじゃ》、400年後《ねんご》の世界《せかい》を魔剣《まけん》で無双《むそう》～

著　　白石《しらいし》 新《あらた》

角川スニーカー文庫　22892

2021年11月１日　初版発行

発行者　青柳昌行

発　行　株式会社KADOKAWA
〒102-8177 東京都千代田区富士見2-13-3
電話　0570-002-301（ナビダイヤル）

印刷所　株式会社暁印刷
製本所　本間製本株式会社

●お問い合わせ
https://www.kadokawa.co.jp/（「お問い合わせ」へお進みください）
※内容によっては、お答えできない場合があります。
※サポートは日本国内のみとさせていただきます。
※Japanese text only

Printed in Japan　ISBN 978-4-04-112039-2　C0193

★ご意見、ご感想をお送りください★
〒102-8177 東京都千代田区富士見 2-13-3
株式会社KADOKAWA　角川スニーカー文庫編集部気付
「白石 新」先生
「魚デニム」先生

角川文庫発刊に際して

角川源義

第二次世界大戦の敗北は、軍事力の敗北であった以上に、私たちの若い文化力の敗退であった。私たちの文化が戦争に対して如何に無力であり、単なるあだ花に過ぎなかったかを、私たちは身を以て体験し痛感した。西洋近代文化の摂取にとって、明治以後八十年の歳月は決して短かすぎたとは言えない。にもかかわらず、近代文化の伝統を確立し、自由な批判と柔軟な良識に富む文化層として自らを形成することに私たちは失敗して来た。そしてこれは、各層への文化の普及滲透を任務とする出版人の責任でもあった。

一九四五年以来、私たちは再び振出しに戻り、第一歩から踏み出すことを余儀なくされた。これは大きな不幸ではあるが、反面、これまでの混沌・未熟・歪曲の中にあった我が国の文化に秩序と確たる基礎を齎らすためには絶好の機会でもある。角川書店は、このような祖国の文化的危機にあたり、微力をも顧みず再建の礎石たるべき抱負と決意とをもって出発したが、ここに創立以来の念願を果すべく角川文庫を発刊する。これまで刊行されたあらゆる全集叢書文庫類の長所と短所とを検討し、古今東西の不朽の典籍を、良心的編集のもとに、廉価に、そして書架にふさわしい美本として、多くのひとびとに提供しようとする。しかし私たちは徒らに百科全書的な知識のジレッタントを作ることを目的とせず、あくまで祖国の文化に秩序と再建への道を示し、この文庫を角川書店の栄ある事業として、今後永久に継続発展せしめ、学芸と教養との殿堂として大成せんことを期したい。多くの読書子の愛情ある忠言と支持とによって、この希望と抱負とを完遂せしめられんことを願う。

一九四九年五月三日

このすば
暁なつめが描く、
もう一つの異世界コメディ！
暁なつめ
NATSUME AKATSUKI
ILLUSTRATION
カカオ・ランタン
KAKAO LANTHANUM
戦闘員、派遣します！
COMBATANTS WILL BE DISPATCHED!
特設サイトは
コチラ！
シリーズ好評発売中！
全世界の命運は――
悪の組織に託された!?
スニーカー文庫

君の紡ぐ物語で
世界を変えよう。
第28回
スニーカー大賞
作品募集中!
大賞 300万円
+コミカライズ確約
金賞 100万円
銀賞 50万円
特別賞 10万円
締切必達!
前期締切
2022年3月末日
後期締切
2022年9月末日
詳細は・
ザスニWEBへ
https://kdq.jp/s-award
イラスト／左